La ciudad en invierno

Elvira Navarro Ponferrada nació en Huelva en 1978. Pasó su infancia entre Córdoba y Valencia, y desde los dieciocho años reside en Madrid, donde se licenció en filosofía por la Universidad Complutense. Ganó el primer premio de narrativa en el Certamen de Jóvenes Creadores del Ayuntamiento de Madrid en el año 2004, y desde 2005 una beca del Ayuntamiento de Madrid y la Residencia de Estudiantes le permite disfrutar de un bien impagable: tiempo para escribir. Sin ese tiempo, nos dice, no existiría el libro.

ELVIRA NAVARRO

La ciudad en invierno

CABALLO DE TROYA

Caballo de Troya
C/ Agustín de Betancourt, 19. 28003 Madrid
caballodetroya@rhm.es

Director literario: Constantino Bértolo

Diseño de la colección: Departamento de diseño de Random House Mondadori / Ferran López

Publicado por Caballo de Troya, un sello de Random House Mondadori, S. A.

Primera edición: marzo de 2007

Printed in Spain – Impreso en España

ISBN: 978-84-96594-10-4
Depósito Legal: B. 1.545-2007

Fotocomposición: Anglofort, S. A.
Impreso en Limpergraf
Mogoda, 29. Barberà del Vallès (Barcelona)

Encuadernado en Encuadernaciones Roma

CT 9 4 1 0 4

EXPIACIÓN

El agua deja sobre la burbuja de corcho gotas muy peque ñas, de forma ovalada, que apenas resisten el vaivén imperceptible con el que la niña procura mantenerse a flote.

Está el deseo de que las gotas brillantes de sol no acaben resbalando sobre la superficie del corcho, pero es tremendamente difícil permanecer inmóvil, en primer lugar porque la burbuja se hunde un poco, y luego, una vez descartado este método, porque cualquier movimiento resulta excesivo para las gotas, que se deshacen a ambos lados dejando una estela de motitas demasiado imperceptibles para ser dignas de contemplarse.

Un estrecho cartel a la entrada del recinto advierte de que la piscina es para uso exclusivo de los habitantes de los chalets. Más allá, a la sombra de unos eucaliptos, dos mujeres están sentadas en unas hamacas. Una de ellas tiene la cabeza cubierta con una redecilla, y mira con angustia la quietud de la niña, imaginando tal vez que el asunto estriba en descubrir las fantásticas formas sugeridas por el trazado del agua en la burbuja. En todo caso toma por concentración lo que sólo es una desesperada tentativa de suprimir el movimiento, y se siente francamente alarmada; no es posible, musita, estarse quieta sin coger frío, y además la niña no sabe nadar bien, y con la burbuja desabrochada puede ahogarse. ¿Cómo obligarla a que se abroche la burbuja? A lo largo de los días, la mujer ha tomado franca aprensión a interrumpir los juegos de la niña, y cualquier decisión al respecto se presenta como una tarea humillante. La niña acostumbra a huir de ella, y se esconde por todos sitios obligándola a dar innumerables vueltas. Ella está gorda, hace calor y desde hace diez años envejece sin remedio.

Ahora la niña, que se sabe observada desde hace largo rato, con ese instinto del momento oportuno ha dado la vuelta a la piscina hasta colocarse en un pequeño recodo donde no es vista, y sin hacer ya caso ni a la burbuja ni a las gotas espera el paso renqueante de la tía, la cual, como siempre que se ve envuelta en tales dilemas, ha consultado con Estrella.

—La niña sabe nadar, Adela —obtiene por toda respuesta.

Adela no le hace caso. Se pone en pie y se acerca allí donde la piscina describe una caprichosa curva, que es donde la niña la espera a pesar de no levantar ni una sola vez la mirada hacia ella. Con cuidado de no resbalar va metiéndose poco a poco en el agua por la escalerilla, y comienza a nadar alrededor de la sobrina con cautela, alejándose de cuando en cuando para no levantar sospechas, y con el deseo no sólo de vigilarla, sino también de recibir alguna invitación para participar del juego. La niña, agarrando con fuerza la burbuja, ya se aleja hacia la otra punta, y la tía la sigue durante un rato, siempre como a hurtadillas y sin abandonar la esperanza de la invitación, hasta que finalmente, resentida, acaba por aguantarse con su baño solitario y con vigilar desde la distancia.

Se acerca la hora más espantosa del día: la del regreso a casa. Subir la empinada carretera, sentir la frialdad de las paredes en la tela mojada y en los dedos de los pies, y unas manos que arrancan el bañador, secan con una toalla áspera y la visten con una camiseta y unos pantalones cortos hasta la noche. Las imágenes se suceden en su cabeza con rapidez, produciendo primero una leve desazón, y luego un goce consciente de sí, al que la niña se abandona, como muerta; el brazo dejado caer por encima de la burbuja para evitar cualquier esfuerzo en un placer comparable tan sólo al del inicio de la mañana, cuando sus miembros vuelven a tomar contacto con el agua. El detenimiento del mediodía confiere al pequeño cuerpo un carácter irreal. La tía observa largo tiempo, ya fuera del agua, atontada por el sol; cuerpo flotante a punto de hacerla estallar, y se dice: se hace la muerta a propósito, ¡a propósito! Detiene este pensamiento y a continuación se echa la culpa: la loca soy yo. Vuelve a detenerse, confundida, hasta que finalmente se acerca a la niña y, sobre ella, grita. La niña reacciona con rapidez sacando la lengua a la tía, un poco insegura, basculando entre la mirada acusadora y perturbada, el pudor de haber sido sorprendida en semejante comunión con el agua y el nuevo placer de la huida, concentrado en los brazos y las piernas, que se agitan velozmente imitando los movimientos de una rana.

—¡Croac, croac! —exclama, desafiante.

El ritual es el mismo todos los días de la semana. Adela se acerca; cuerpo gordo en convulsión como consecuencia del pavor producido por el contacto con el cuerpo infantil que rechaza, que obliga a mandar desde el borde de la piscina. La niña no se mueve; de repente está sorda, o chapotea con todas sus fuerzas. El miedo no es advertido por la tía, que se queda siempre perpleja ante el espectáculo de la desobediencia, llevado hasta el límite terca e inconscientemente. Adela vocifera, y su voz, de tono demasiado bajo, se quiebra bajo la potencia del grito, nunca alcanzado del todo, nunca con la autoridad necesaria para ser acatado. Es exactamente la debilidad de la mujer lo que hace que la niña se asuste, y lo que a la vez provoca el rechazo, más cuanto que no existe nada que la haga comprender esa situación odiosa: la de la tía al borde de sí misma a causa de una asquerosa pequeñuela mimada. Ese poder es todavía demasiado grande e insufrible. Demasiado grande sin palabras.

Estrella hace por fin su triunfal aparición, que consiste en colocarse al lado de Adela y mirar a la niña con cara de no hagas sufrir a tu tía, anda. La diligencia que la niña pone en obedecerla entra en el juego de la desobediencia, y cuanto más perfecta es la puesta en escena; cuanto más rápida la salida del agua y más devota es la mirada que dirige a Estrella, más le tiembla el labio a la tía, horrorizada por la farsa. La niña mira por un solo instante a la mujer, justo antes de que ésta emprenda el camino hacia el chalet sin esperarlas, buscando tal vez un ojalá te ahogues, pero no encuentra más que la misma expresión dolorida y reseca. La victoria adquiere entonces tintes amargos. Todo sin palabras, ahora ella es sucia, aunque por la carretera empinada enseguida se olvida; mira las villas y se entretiene deseando todas aquellas disposiciones espaciales, de leves y abismales diferencias.

La zona residencial la conforman unos veinte chalets estilo años setenta, modestos, que ascienden por la ladera de la montaña y que tienen todos un gran jardín reseco, lleno de jara y otros arbustos. En el chalet de Adela sólo los arriates que rodean la casa están primorosamente cuidados, repletos de jazmines, geranios, pensamientos y begonias por la parte delantera, y por la trasera de árboles frutales y de una increíble mimosa rebosante de flores amarillas que despide una fragancia muy densa, y que constituye el olor por antonomasia del lugar. En la parte de monte, a la que se accede bajando unas escaleras muy empinadas, hay una mesa enorme y redonda de piedra, con cuatro bancos también enormes. Al fondo se apila leña, y todo está limpio de matorral. Es aburrido jugar allí, y la niña sólo baja cuando quiere mirar el monte a través de la alambrada, pues más allá del chalet de la tía nada se interpone entre ella y la montaña. Es el último chalet y el más alto.

La imagen más fascinante es la de la carretera, apenas una raya en la calima borrosa, surcada por el reflejo del sol en los coches, que avanzan a gran velocidad. Su sonido se vuelve nítido durante la noche, y mientras el sol gobierna es sólo un suave zumbido, a pesar de que ninguna estridencia preside las jornadas. La niña a veces permanece muy atenta al paso de los automóviles. Cuando alguno se acerca, espera con una impaciencia absoluta, pues desde el momento en que el sonido es escuchado hasta que el coche aparece el tiempo de espera se hace desmesurado, y la vista, obstinada hacia el punto más lejano del horizonte, es cien veces engañada por la nebulosa de calor. Finalmente la máquina se acerca, centelleante, y pasa. La sensación que deja se acrecienta hasta desaparecer de nuevo en la lejanía, y todo se torna más quieto que antes. Una especie de misterio parece entonces emanar de la tierra, que se extiende formando un terreno de pequeñas y áridas colinas de color rojizo.

La carretera, la montaña, la luz, el aroma de los jazmines y de los arriates recién regados, el placentero transcurrir de las horas e incluso el bochorno. Todo eso forma parte del encanto de las cosas mudas, cuya existencia es frágil en comparación con la del mundo real, tan sólido e incomprensible: Adela, Estrella, vecinos que vienen a visitarla y a hacerle preguntas del tipo: «¿Y qué quieres ser de mayor?», o por ejemplo, ahora, permanecer en la cocina mientras Estrella le desenreda el pelo y la tía prepara la comida, envueltas en un ambiente tan afilado como un cuchillo, fruto de su desobediencia en la piscina, y que hace que ninguna de las mujeres se diga nada; tan sólo ese lento desenredar, ras ras, cortar en rodajas el pollo trufado, toc toc toc; sonido espaciado y el silencio pesando dentro y fuera de él, sobre todo dentro y fuera de él, como si los movimientos de la tía fueran una caja de resonancia. La niña cierra los ojos, agotada de tanta piscina y sensación de catástrofe y reproches y silencio, y desde la momentánea oscuridad dice:

—Yo me peino.

—Pues vete fuera para que se te seque. Y no te muevas.

La niña sale disparada hacia el exterior. Una vez allí, se sienta en las escaleras que conducen a la entrada de la villa, desde donde puede oír las voces enfadadísimas de la cocina, aunque sin distinguir las palabras. Acercarse a la puerta para escuchar le da demasiado miedo, y cuando considera que su pelo está desenredado, en lugar de aguzar el oído y exponerse a saber *algo* sobre ella, comienza a emitir pequeños sonidos con la garganta. Al alzar la cabeza se encuentra con el rostro de la tía encajado entre las rejas de la ventana, de un color cetrino, vigilándola. Su expresión es ya archiconocida por la chiquilla, y por ende la que más detesta, y es espantosa de ver ahora por la sencilla razón de que todavía es demasiado pronto para semejante explosión —que por otro lado ocurre todas las noches: su poder maligno es declarado por la tía a la madre bajo la invariable fórmula de: «Ya no soporto a la niña, Inés»—. Demasiado pronto, por lo que el día ya está echado a perder. En efecto, en lugar de lamentarse, de los labios de la vieja mujer brotan unas palabras crueles, lapidarias:

—Eres mala y me vas a matar. Pero fíjate en lo que te digo: no te vas a ir de aquí como llegaste.

Por un momento, sólo se ve una cabeza sin cuello, una cabeza profundamente amarga, fantasmal y amenazante. La niña se queda muy seria con los ojos cerrados, como si no hubiese escuchado nada, y deseando que la cabeza desaparezca. Cuando los abra, la tía tiene que haberse ido. Sin embargo, durante largos minutos, Adela permanece ahí. La niña, abominándola más que nunca, y presa de una enorme violencia interior, decide no darle ese placer supremo de ser consciente de su presencia, y cierra los ojos de manera definitiva, al igual que cuando la obligan a quedarse en el salón durante la sobremesa por temor a los golpes de calor, aunque entonces lo que ocurre tiene un matiz distinto; es algo como pegajoso y que nada tiene que ver consigo misma, sino con el exterior. Miradas a hurtadillas, el sonido del reloj, las cortinas echadas y la áspera respiración de las mujeres adormecidas en el sofá; calma chicha en la que la pequeña permanece quieta, muy quieta, con los ojos cerrados como ahora y atenta a las virutas de muchos colores, hasta que a veces Estrella se despierta y viéndola en trance le pregunta:

—¿De qué tienes miedo, Clarita?

La niña suele mirarla con ojos tristes. Algo parecido al desamparo llega, y se sabe infinitamente pequeña ante la tía, por cuyo amor siente verdadero asco.

Como siempre que cae en semejante estado aprensivo, la niña piensa hasta encontrar algo —explicación, fantasía o, sencillamente, qué hacer— que la restituya, porque ahora, y a pesar de su rebeldía orgánica y justa, ya *eso otro* la está haciendo vacilar; esa suerte de remordimiento ante sí misma, paralizante. Es una sensación terriblemente angustiosa pues, si no da rápido con una solución, entonces el curso de los acontecimientos se inmovilizará con ella, y nada de lo que suceda a partir de ese momento podrá tocarla. Ya no podrá jugar normal, ni mirar normal, ni hacer nada normal, hasta que no deje de sentir *eso* en las sienes y en el centro del estómago. Adela es imaginada en tonos realmente siniestros, que permiten a la niña entregarse a su papel de víctima, apretando mucho los dientes y masculando: es una idiota, es una idiota, y como esta certeza no funciona, y la mitad de su cabeza está ya aceptando lo que su intuición rechaza —su responsabilidad real, seria y asquerosamente adulta—, poco a poco se desliza hacia la bondad, más por sí misma que por un deseo honesto de complacer, para quitarse la sensación pegajosa y volver a caer en el agujero de la rebeldía justa, como si fuera el péndulo de un reloj. Así pasa un buen rato, sentada en las escaleras y sin decidir nada porque todo es demasiado complicado, hasta que finalmente y como quien no quiere la cosa termina por ser razonable —y esa palabra sí que la entiende, porque los mayores se la repiten sin cesar, y sería parecida a obedecer queriendo—, y con mucha ecuanimidad piensa, o más bien siente, que la tía tiene su parte de razón, por ejemplo cuando la mesa está tan primorosamente puesta y ella nunca es reñida y todo se dispone para su propio placer. Y que eso es tan horrible como lo primero —saberse odiosa—, porque la culpa llega, y entonces digamos que sólo el desequilibrio de la mujer la salva de ser completamente mala.

Redimida e ignorante, pues Adela ha desaparecido al fin del marco de la ventana y sus pensamientos han puesto un poco de orden en sus emociones, la niña se pone en pie, y con pasos trémulos se dirige hacia la parte trasera de la casa, a pesar de la prohibición de abandonar la terraza. Para darse fuerza a sí misma tiene que seguir desobedeciendo, y además es tan bueno saberse sola, fuera del alcance de las viejas mujeres. Se detiene junto a la mimosa amarilla y dice:

—¡Mimosa, mimosa!

Luego añade en un susurro:

—No podemos hablar alto, porque esas tontas podrían darse cuenta.

Se queda en silencio, contemplando extasiada el árbol, de un amarillo excéntrico, alucinante. Son las tres menos cuarto de la tarde y no hay ningún movimiento en los chalets colindantes, ni en la carretera. También los ruidos de la casa en la cocina han cesado, y sólo se escucha el batir de alas de las chicharras, y el propio detenimiento del aire, de una calidad envolvente, como si se posara sobre las cosas y las hiciera refulgir. Los frutales, la chumbera, los granitos de arena, el borde de los arriates, el vuelo de un insecto. Todo adquiere un matiz desconocido, y la sensación es la de poder estar en cualquier lugar, a través de la callada presencia de las cosas, tan extraña. La niña toma conciencia de su vibrante estado, haciéndolo desaparecer y volviendo a fijar la mirada en el árbol, aunque sin más resultados que el de ser invadida por el calor y por la visión borrosa. Los chorros amarillos se difuminan, y entonces el juego consiste en hacer difuminados con todo, hasta que acaban doliéndole los ojos. Luego se sienta, y como que a pesar de la momentánea claridad no es posible deshacerse del lado oscuro, y por ello y sin querer se pone a pensar, a pensar y a imaginar y a recordar; «Me produces dolor», le había dicho Adela una noche, dolor, dolor, dolor, y con toda su alma rechaza esta palabra, negra y seca como una tarde de bochorno encerrada en la casa.

—Tu tía y yo hemos estado hablando sobre ti, Clara —dice Estrella mientras se sienta a la mesa. La niña atiende procurando mostrarse grave.

—Eres inteligente y te estarás dando cuenta de que las cosas no pueden seguir como hasta ahora. Tu comportamiento es absolutamente ingrato, y tu tía es muy sensible y no puede permitirse semejante estado de nervios.

La niña asiente. Ya sabe lo que Estrella va a decir a continuación, que sus padres y el colegio cerrado y vaya disgusto. Y, en efecto, Estrella dice:

—Y aunque va ser un problema para ella tenerte que llevar a tu casa, más aún lo va a ser para tus padres y para ti,

Clara, porque tu colegio continúa cerrado y ellos no tienen donde dejarte.

La niña sigue muy seria, aunque no puede evitar echar miraditas al pollo, repartido en los platos con minuciosidad, con la ensaladita a la derecha, las judías a la izquierda; una presentación de restaurante, y el hambre que le viene casi como un sufrimiento. Por un rato deja de atender, y se concentra en los gestos de ambas mujeres para no mirar el pollo y delatar así su indiferencia, hasta que el tono de voz sube, y de nuevo escucha:

—Entonces, ¿sabes por qué tienes que portarte bien?

La pregunta, tan incontestable como las que le hace la tía, está dirigida a ella, y por un momento eso le sorprende. Normalmente soporta la cháchara sin que nadie pida su intervención. Como es imposible zafarse, termina diciendo:

—Porque sí.

—Eso no es una explicación —dice Estrella, que se queda de nuevo callada, esperando una respuesta más satisfactoria. El silencio se hace muy pesado, y la mujer, exasperada, retoma su discurso—: En primer lugar, debes obedecer porque no eres más que una niña y todas las niñas obedecen hasta que se hacen mayores. ¿Eso lo entiendes?

La niña responde:

—Sí.

—Además —prosigue—, con más motivo aún tienes que obedecer si la persona que te manda es de tu familia, y más todavía —y aquí la voz se altera, y vuelve a subir hasta convertirse en un rugido— ¡si tú estás a cargo de esa persona, que ahora mismo es tu tía! ¿Entiendes?

El sí de la niña sale muy bajito, y casi es comido por la siguiente pregunta:

—¿Y sabes por qué?

La niña niega.

—¡Pues yo te lo voy a decir! ¡A las personas mayores se las respeta, y cuando además son de tu familia se las quiere! ¿Me oyes? ¿Quieres tú a tu tía?

La niña asiente.

—Entonces, ¿vas a portarte bien?

—Sí —responde sin ganas la niña.

—Dilo entonces. Necesitamos que lo digas alto y claro.

—Voy a portarme bien y a querer mucho a la tía.

—Dame un beso —dice la tía, gorda bajo su vestido, extendiendo unos brazos como tentáculos y reprimiendo un mar de lágrimas—. A partir de este momento eres una niña buena. Acércate y dame un besito, anda, y otro a Estrella.

La niña se levanta y le roza apenas la cara, y lo mismo hace con Estrella. Las dos mujeres, satisfechas, se lanzan al pollo, que devoran en escasos minutos. También la niña traga todo lo rápido que puede, deseando por favor que la comida acabe cuanto antes. Luego pide permiso para pasar la sobremesa jugando en la terraza y Adela, atontada con tanta reconciliación, aunque igualmente temerosa, la deja salir. La niña entra en sus dominios como una exhalación, y corre rápida a comprobar que la carretera sigue ahí, y que el árbol sigue ahí, y que la montaña continúa quieta y misteriosa a través de la alambrada, y después de este recorrido ha de apoyarse en un arriate, porque el cuerpo se le dobla en un calambre, y termina por vomitar, y luego por llorar de rabia porque Adela y Estrella la han visto desde la ventana, y su tía ha dicho bien alto:

—Igualita a mí cuando me metían miedo. La niña es tan sensible como yo.

CABEZA DE HUEVO

Silvia y Sandra, las de las tetitas calientes, era uno de esos juegos peligrosos con los que se entretenían. Comenzaron en la casa de Vanesa, y todo lo que hicieron fue copiar una idea de Paula que nunca fue llevada a cabo, pero que se quedó martilleando en la cabeza de Clara, hasta que una tarde en la que todas las aventuras parecían haberse agotado, más el hastío y el calor, pues era verano cuando empezaron con aquello. Tenían la sensación de que para el resto de maldades aún tenían que esperar; de quc a Silvia y a Sandra, las de las tetitas calientes, que eran en verdad Vanesa y Clara, les tenían que crecer los pechos para hacer honor al nombre.

La empresa parecía difícil, pues no bastaba con marcar un número al azar y soltar una cadena de marranadas para colgar al instante. Era necesario mantener una conversación de al menos media hora con un hombre, y ponerlo cachondo. Ello tendría que repetirse durante tres o cuatro semanas, para crear una familiaridad y una dependencia por parte de aquel hombre, y finalmente habrían de citarse los tres. Qué harían cuando se citaran no lo sabían; Vanesa ya tenía miedo y decía que en el caso de que no le gustara el asunto se limitarían a espiarlo; Clara callaba porque había asumido el rol de la valiente, pero en verdad estaba de acuerdo con Vanesa; de hecho, ni se planteaba lo de la cita, aunque todavía era demasiado pronto para semejante claudicación; por el momento había que llevar el desafío lo más lejos posible.

Para cazar a la ansiada presa se hicieron pasar por encuestadoras; a cada una le tocaba una llamada mientras la otra escuchaba desde el otro teléfono. Al principio no tuvieron suerte, los señores Pérez, López y Garrido resultaron ser simpáticos abuelitos que no se adaptaban al perfil; lo que buscaban era un cuarentón soltero. Fue la cuarta llamada la buena, y Clara la que estaba al aparato. Nada más escuchar el «¿Sí?», el corazón le dio un vuelco y comenzó a ponerse nerviosa. Se trataba de una voz masculina grave y pausada; al informarle del motivo de la llamada estuvo a punto de colgar; no le interesaban las encuestas, pero Clara insistió: iban a ser apenas un par de minutos. Vanesa en el otro teléfono ya estaba a punto de soltar un bufido; sin embargo, Clara la miró seria, muy seria. Vanesa se avergonzó y dejó hablar tranquilamente a su amiga, cuyo rostro se iluminó al escuchar que tenía treinta y nueve años y que era soltero.

El siguiente paso tenía que poner en alerta al hombre; avisarle de que en aquella encuesta había algo aún más raro que el nerviosismo mal disimulado de aquella jovencita. Clara le pidió que valorara del uno al diez los tres programas propuestos, y el hombre se extrañó de que se tratara de programas de sexo; no le habían avisado de que la encuesta era sobre ese tipo de programas. Hizo su valoración con mucha rapidez y, cuando estaba a punto de colgar, Clara le dijo que todavía quedaban algunas preguntas más.

—Disculpe —dijo el hombre— pero creía que eran sólo unos minutos.

—Prometo no entretenerle mucho.

—Diga, pues.

Clara tomó aire; el hombre debía optar ahora por entrar en el asunto o colgar enfurecido.

—¿Qué programas le excitan más? —preguntó con una voz muy pequeña. Era una pregunta llena de ingenuidad y que la delataba inmediatamente.

El hombre reprimió una carcajada; era obvio que había comprendido, y:

—¿Quién eres, pequeña?

—Silvia, la de las tetas calientes —respondió Clara. Fue lo primero que se le ocurrió; no esperaba ser descubierta tan pronto, y lo único que le vino a la cabeza para que la ocasión no se le escapara fue aquella frase de los anuncios clasificados que había estado mirando para inspirarse. «Silvia, tetas calientes, estudiante aniñada, todo al natural.»

—Silvia, la de las tetas calientes —repitió el hombre—. Dime una cosa, pequeña Silvia, ¿quién está en el otro teléfono? ¿Está tu madre escuchándote por el otro teléfono? ¿Tiene tu madre el coño más caliente que tus tetas?

La pregunta podría haber sido tomada como un insulto antes de colgar; sin embargo, no lo era; el tono del hombre transmitía una absoluta seriedad y respeto, y lo mismo podría haberle preguntado qué tal le iba con sus estudios. Además, no había colgado; seguía al otro lado de la línea esperando pacientemente a que le dijera si su madre estaba en el otro teléfono y si su coño era caliente. Clara estaba desarmada. Sin saber qué responder, decidió hacerle caso a Vanesa, que se señalaba con el dedo para que la presentara.

—Hay una amiga en el otro teléfono —dijo—. Se llama Sandra.

—Hola, Sandra —dijo el hombre.

—Hola —respondió Vanesa.

—Y bien —continuó el hombre—, ¿a qué vamos a jugar los tres?

—Vamos a ponerte cachondo —dijo Clara.

—Y vosotras, ¿no os vais a poner también cachondas?

—Nosotras ya lo estamos —contestó Vanesa, con una convicción que dejó a Clara sorprendida.

—¿Y qué habéis hecho para poneros tan cachondas? —preguntó el hombre.

—Pues... —dijeron las dos a la vez.

—Estamos desnudas —dijo Clara.

—Tumbadas en la cama —continuó Vanesa.

—Nos hemos estado besando y tocando —dijo Clara.

—¿Dónde os habéis tocado?

—En las tetas.

—En el coño.

—En el culo.

—¿Os habéis besado también ahí?

—Sí.

—¿Y chupado?

—También.

—¿Y os habéis metido los dedos?

—Nos hemos metido una zanahoria.

—Los dedos son demasiado pequeños.

—Nos gustan los rabos grandes.

—¿Tú tienes el rabo grande?

—Ahora mismo lo tengo muy grande.

—¿Y nos lo vas meter?

—Os lo voy a meter, pequeñas zorras.

—¿Cómo nos lo vas a meter?

—Os voy a atar a las dos juntas, cada una con la cara en el coño de la otra, y os voy a dar por detrás.

Vanesa ya estaba gimiendo, y también el hombre gemía, así que Clara, para no ser menos, aceleró sonoramente su respiración. El arsenal de obscenidades, que en los anuncios clasificados y en las películas pornográficas de los padres de Vanesa parecía inagotable, se quedaba ahora corto y, ¿qué pasaba toda vez que se llegaba a la penetración? Clara miró a Vanesa, que también parecía estar en blanco; al otro lado de la línea el hombre gemía más y más, y ellas le acompañaban, hasta que oyeron un grito prolongado, y luego el corte en la comunicación. ¿Había colgado? ¿Por qué? El teléfono estaba señalado en rojo sobre la guía; Vanesa sacó un folio del cajón y lo apuntó allí dos veces: la mitad de la hoja para Clara y la otra mitad para ella. ¿Cuánto tiempo habían estado hablando? Poco más de cinco minutos. ¿Era tan corto el amor?

La siguiente vez fue en la casa de Clara; allí sólo había un teléfono, y con manos temblorosas, Clara sacó la mitad del folio con el número de su mesita de noche. Al principio hubo que acoplar el teléfono a las dos orejas, y peor aún fue para hablar, hasta que el hombre sugirió:

—¿Por qué no os turnáis el aparato?

Vanesa y Clara aceptaron, no sin algo de miedo. Estar las dos juntas no era lo mismo que mantener conversaciones privadas; ya no se tendrían la una a la otra para ayudarse o para hacerse guiños cómplices. Fue Vanesa la que habló primero, y Clara se escapó al baño para no violentarse con eso de que estaba tendida desnuda sobre Vanesa. No pudo entretenerse mucho; Vanesa apareció con cara compungida y diciéndole al hombre: «Ahora lo vas a oír», mientras hacía señas a Clara para que se subiera la camiseta. Clara no entendía, pero obedeció; la mano de Vanesa golpeó varias veces su espalda y, aunque intentaba no hacerle daño, los golpes debían ser sonoros para que el hombre pudiera escucharlos. Clara bufaba por dentro, ¿es que no podía Vanesa haberse golpeado a sí misma? Tuvo que comerse su enfado; el hombre ya pedía hablar con ella, y sentada sobre su cama y sin Vanesa, que había huido a la cocina avergonzada por su torpeza, escuchó:

—¿Pequeña Silvia?

—Aquí estoy —contestó.

—Tenía ganas de hablar contigo —le dijo el hombre, con voz arrulladora.

—Yo también —dijo Clara.

—¿Qué estás dispuesta a hacerme?

—Voy a tumbarme en la cama y a abrirme de piernas.

Clara se tumbó, para dar verosimilitud al movimiento, y echada y como por reflejo se abrió un momento de piernas, pero las cerró enseguida.

—Voy a pasarte la lengua por la polla —continuó, y en la boca hizo acopio de saliva y movimiento de lengua, y empezó a escuchar los gemidos. Clara entonces se puso en pie, y antes de que al hombre le diera tiempo a hacer preguntas, gritó: «¡Cerdo!», y colgó. Vanesa la miraba alucinada desde la puerta.

—¿Por qué le has dicho eso?

—Para que no nos utilice y se quede con las ganas —respondió Clara, todavía enfadada por los azotes en su espalda. Esa tarde se despidieron sin mirarse y sin hablar.

Pasaron otras tantas tardes parecidas a aquella, y el asunto empezaba a ponerse serio; ni Clara ni Vanesa se confesaban que a veces, a solas, habían comenzado realmente a tocarse; sobre sus sexos hasta hace poco inmaculados resbalaban ardientes las palabras que antes apenas si servían para arrancarles gestos de repulsión y para convencerse de que eso sería algo que harían otras, pero no ellas, que eran tan brillantemente desobedientes pero siempre en el límite de sus doce años, y lo que era para otras edades debía realmente ser para otras edades. Les pesaba de pronto verse tan adelantadas y sucias por las noches, cuando reproducían la fantasía de a tres, y cada vez se atrevían menos a mirarse, no fueran a sorprenderse en un recíproco y culpable deseo. Hasta que una de esas tardes.

Era en la casa de Vanesa y tenían los dos teléfonos; el hombre quería escuchar un coño empapado, lo dijo con esas palabras, y entonces Clara estaba a punto de llevarse el dedo a la boca para succionarlo con la lengua cuando se encontró con el dedo de Vanesa. Se rió y el hombre quiso saber por qué se reía, pero durante algunos segundos no pudo contestar. Luego, cuando recibieron la orden de desvestirse, fue Clara la que se acercó a Vanesa, le arrancó el vestido y miró el cuerpo que tantas veces había visto, aunque nunca de esa manera, nunca en semejante disposición. Los pezones de Vanesa eran ya dos pequeños bultitos, y en el pubis había muchos más pelos que en el suyo. Aquella tarde el hombre se exasperó; no podía imaginar que hasta ese momento jamás se habían cumplido sus órdenes, y que era imposible hablar mientras se besaban y se lamían aunque, eso sí, por primera vez pudieron acercar el auricular al sexo y trasmitirle el sonido real.

Hasta que el hombre no estaba al otro lado del aparato, Vanesa y Clara se comportaban como si no hubiera habido entre ellas contacto sexual alguno. Tampoco hablaban ya del juego como tal; se convirtió en un hecho que en el momento en que se encontraran a solas alguna iba a marcar el número que se sabían de memoria, y que durante el transcurso de la conversación la una comenzaría a besar y a desnudar a la otra bajo las órdenes de aquella voz masculina y grave. Sin embargo, a pesar del placer y de la libertad oscura que las embargaba, algo a lo que no querían dar nombre se había hecho demasiado grande, y de ahí que, cuando el hombre propuso lo de la cita, aceptaran sin pensárselo; la cita era el final del juego, y ya era hora de poner punto y final, pues al curso siguiente tendrían trece años, y eso sí eran palabras mayores. Al año siguiente iban a empezar a ser adolescentes, y querían serlo de manera brillante.

La cita les dio ocasión para poder hablar de nuevo sobre las conversaciones eróticas con cierta soltura. ¿Cómo sería ese hombre de voz grave y masculina? ¿Alto, bajo, gordo, flaco, guapo, feo? ¿Sería un cerdo violador? Por si las moscas, se habían citado en la puerta de unos grandes almacenes. Era un lugar muy concurrido desde el que podrían espiarlo: si no les gustaba su aspecto, sencillamente lo dejarían plantado, y ahí se acabaría la historia. «Me reconoceréis por la barba y el bastón», había dicho el hombre, y el detalle del bastón les pareció ridículo.

Era una mañana despejada de sábado, y Clara y Vanesa iban cargadas con las bolsas de los patines. Les habían dicho a sus padres que irían a las pistas del paseo marítimo. Llegaron con media hora de antelación; la idea era meterse en una cafetería y desde allí vigilar la llegada del hombre. Había tanta gente, y entre esa gente tantas parejas de niñas, que a él le iba a resultar imposible reconocerlas a no ser que ellas se presentaran primero. Además, siempre habían mentido con respecto a su físico; Vanesa le había dicho que era pelirroja y Clara rubia, siendo en verdad las dos morenas. Esperaron con una expectación absoluta; cada nuevo hombre que pasaba y se detenía en los grandes almacenes les producía temblores y suspiros, aunque no llevara bastón.

A la hora convenida, el único hombre que se apostó en la puerta fue un ciego, y al principio Vanesa y Clara ni repararon en él; pero conforme avanzaban los minutos empezaron a mirar con curiosidad el bastón blanco, la barba negra y larga y las gafas oscuras que disimulaban unos ojos inexistentes. «No me lo puedo creer», decía Vanesa, y Clara callaba porque era aún más incrédula. Dejaron pasar media hora, y el ciego no se movió; seguía siendo el único hombre con barba y bastón que esperaba en la puerta. Las niñas salieron de la cafetería y cruzaron la calle. Estaban ya frente al ciego, que no podía verlas, y fue Clara la que se acercó y dijo:

—¿Pedro?

—Silvia —contestó el ciego. Su voz grave y masculina era la del teléfono, y su estampa resultaba desoladora: alto, fofo, con el pelo largo y rizado, y unas enormes entradas. Sonreía como un bobo, y lo siguiente que dijo fue:

—No me esperabais así, ¿verdad?

—No —contestó Vanesa, intentando reprimir las carcajadas.

Clara permanecía callada. Sentía un profundo asco por haber estado gozando con aquella voz cuyo cuerpo, con sólo mirarlo, le producía arcadas. Deseaba herir a aquel cretino; herirlo con la misma rabia con que en otro tiempo había estrellado huevos en las cabezas de las viejas desde su azotea.

—Bueno, ¿qué os apetece hacer? —dijo el ciego.

Vanesa le hizo una seña a Clara con las manos. «Nos piramos y lo dejamos aquí plantado», quería decir, pero en el rostro de Clara brillaba una resolución violenta, y con la voz seductora que desplegaba en sus conversaciones telefónicas dijo:

—Vamos a tu casa.

Era repugnante aquel gordo dando bastonazos, rojo de excitación, y ensayando palabras amables mientras las conducía por las oscuras callejuelas del barrio viejo. «Esperadme un momento», dijo al llegar a una farmacia. Por el cristal lo vieron pagar una caja de condones, y Vanesa se puso a temblar y casi le chilló a Clara: «¡Vámonos ahora mismo!». Clara la cogió de las muñecas y le dijo:

—Lo atamos en una silla y lo dejamos ahí, desnudo.

Vanesa se soltó de las manos de Clara, y caminó dos pasos hacia atrás hasta detenerse. Tenía los ojos al borde del llanto.

—¿Y cómo lo vamos a atar?

—Con los cordones de los patines.

—¿Y si nos hace algo?

—Está ciego. ¿Qué nos puede hacer?

—Está bien. Pero como intente echar la llave o algo así...

El ciego salió de la farmacia con el bastón en una mano y la bolsita con la caja de condones en la otra. Una complacencia absurda, pues ni en sus mejores sueños había esperado jamás encontrarse con dos prepúberes dispuestas a irse con él a la cama, le daba un aspecto grotesco, irreal y tranquilizador, y Vanesa y Clara se calmaron, y comenzaron a comportarse como si en lugar de un hombre se tratara de Irene, la tonta de la clase, a la que a veces llevaban al pabellón de preescolares de su colegio con la promesa de compartir un cigarrillo para dejarla encerrada en el baño durante la hora de la comida y el recreo.

Llegaron a un portal viejo con un ascensor en el que apenas cabían los tres. «Me gustaría magrearos aquí», dijo el ciego, y su voz, que en la calle era y no era la del teléfono, porque su discordancia con el cuerpo monstruoso y sin ojos la convertía en un apéndice marchito, ahora que eran una masa de calor apretándose sonó decidida, y a Vanesa y a Clara les temblaron levemente las piernas y salieron disparadas al rellano del sexto piso, mientras el ciego se tomaba su tiempo; un tiempo desmesurado y vacilante, como si también a él le hubiera entrado miedo y dudara de no encontrarse ante dos putas que venían a robarle.

La puerta, muy vieja, emitió un chirrido de película de terror, y ante ellas apareció un habitáculo en penumbra, con un fuerte olor a rancio. Se quedaron muy quietas, y el ciego preguntó: «¿No entráis?». Tras unos instantes de duda en los que de nuevo Vanesa comenzó a hacer señas para lanzarse escaleras abajo, Clara respondió con voz trémula:

—No vemos nada si no subes las persianas.

—Perdón —dijo el ciego—. Siempre se me olvida.

Vanesa y Clara se quedaron de pie en un gran salón amueblado con una mesa, un sofá, un par de sillas y estanterías.

—¿Queréis tomar algo?

—Bueno —dijo Clara.

—Una Coca-Cola —dijo Vanesa.

El ciego abrió una puerta, y en otra habitación a oscuras que debía de ser la cocina escucharon un ruido de nevera y poco más, porque Clara susurró «¡Los cordones!», y rápidamente agarraron los patines de sus bolsas y se pusieron a sacar los cordones de los infinitos agujeros. Cuando el ciego apareció, sonriente y portando una bandeja con las bebidas y unos aperitivos, ya los tenían en las manos; sólo quedaba anudarlos para obtener dos cuerdas largas, tarea que llevaron a cabo entre sorbos de Coca-Cola y respuestas a las estúpidas preguntas del ciego, que les interrogó sobre sus estudios y sus notas y sus amigas, hasta que, ansioso, lanzó la frase que tenía que ponerlas en marcha: «Ahora me gustaría que os desnudarais», con un tono que se pretendió seductor, y que sonó a bestia enjaulada.

Vanesa negó varias veces con la cabeza y Clara, mediante señas, consiguió convencerla de que se quitara por lo menos la camiseta y que se dejaran acariciar levemente para poder amarrarlo.

—Vamos a hacerte un *strip-tease*, así que tienes que sentarte —le dijo al ciego, que diligente arrastró una silla hacia el centro del salón.

—Tienes también que quitarte la ropa —añadió, y no pudieron evitar la risa nerviosa al verlo desprenderse de la camiseta, los pantalones y los calzoncillos, levemente abultados por una picha pequeña y erecta.

—¿De qué os reís, pequeñas zorras?

Vanesa y Clara no contestaron, y con los pechos al aire y portando los cordones de los patines, se acercaron al ciego y dejaron que éste les acariciara levemente, muy levemente porque Clara dijo:

—Todavía no puedes tocarnos. Pon las manos por detrás de la silla.

El ciego obedeció mientras murmuraba obscenidades, y Vanesa y Clara se lanzaron a aquellas manos sudorosas, amarrándolas fuertemente a las patas, y luego a los pies, y el ciego entonces se puso tenso. «¿Qué hacéis? Quiero poder moverme», y Vanesa y Clara no contestaron porque estaban tan nerviosas que no sabían qué decir. «Quiero poder moverme», repitió, y entonces Clara y Vanesa le pasaron los pechos por los hombros, mientras se miraban y hacían gestos de asco. El ciego murmuró «Ahh», y se relajó. Vanesa fue hasta la cocina y cogió un paño, y cuando el ciego volvió a murmurar: «Ahh», se lo ensartaron entre los dientes y se lo ataron a la nuca.

Primero intentó gritar, y luego comenzó a revolverse furioso y a dar saltos. Vanesa y Clara lo observaban mientras se reían a carcajadas, hasta que vieron que la silla estaba a punto de quebrarse, y entonces les entró miedo.

—Los vecinos —murmuró Vanesa, y agarraron la silla, pero el ciego tenía más fuerza.

—Vámonos —dijo Clara.

—Hay vecinos, ¿no los oyes? —volvió a repetir Vanesa. Desde el descansillo de arriba, o tal vez era el de abajo, llegaban algunas voces apagadas. El ciego seguía estrellando la silla contra el piso, haciendo un ruido atronador.

—¿Lo desatamos? —preguntó Vanesa.

—No podemos.

—¿Qué hacemos?

Clara cogió un enorme martillo de la estantería y le asestó un golpe en la nuca. El ciego dejó de moverse.

—Dale tú otro —le dijo a Vanesa.

—No quiero.

—Eso no vale.

Vanesa agarró el martillo y le golpeó la frente, en la que rechinó un ruido seco y quebrado que les puso la carne de gallina. En silencio esperaron a que los vecinos desaparecieran y a que las luces del descansillo se apagaran. Por suerte, el ascensor estaba allí, y al salir del edificio no se toparon con nadie. En la calle echaron a correr y se subieron al primer autobús que encontraron para bajarse tres paradas después y coger un taxi hasta el paseo marítimo. Se sentían como en una película de espías, y por el camino pudieron incluso comprarse unos cordones nuevos para los patines.

LA CIUDAD EN INVIERNO

Para descifrar un enigma hay dos alternativas: la acumulación infinita de datos diferentes o la utilización infinita de un mismo dato. Se puede tomar una serie, cualquier serie, y ver cómo se transforma y reaparece y se reproduce. O tomar un hecho, una partícula insignificante de vida (un botón negro, de nácar) y seguir su recorrido invisible en la multiplicación de los días. Un hecho, una serie: ¿en qué punto construir la relación?

RICARDO PIGLIA

1

El invierno

La cabaña estaba en un prado salpicado por grandes manchas marrones que desde la ventana, mientras desayunaban, les causó extrañeza. ¿Era barro, tierra removida? Inés arrugó el entrecejo con orgullo; aquello no era barro ni tierra removida, sino mierda de vaca. Al poco rato, once enormes vacas llegaron a pastar al prado, y ya no se movieron de ahí en todo el fin de semana.

Había una chimenea de verdad con leña de verdad. Los troncos estaban apilados en el recibidor, e Inés se había pasado toda la cena preguntándose si habría pequeños animalitos escondidos en aquella pila que casi llegaba hasta el techo; animalitos que más tarde irían a asaltarles entre las sábanas. Hubo que cerrar bien la puerta antes de acostarse para no amanecer llenos de picaduras de arañas y entre cacas de ratones. A Clara le pusieron una cama supletoria muy pequeña en el salón, y a punto estuvo de pedirles que la dejaran dormir con ellos en el dormitorio. Para eso había que doblar la cama, lo que era tentar demasiado al humor de su madre; un humor que había sido espléndido cuando, al preguntarle a un amigo psicólogo, éste le dijo: «No estaría mal que llevarais a la niña a pasar el fin de semana a algún sitio que sea de su agrado»; templado veinticuatro horas más tarde, al levantarse Clara cual bella durmiente y toparse con sus padres justo en la puerta de la habitación, decidiendo si despertarla para preguntarle dónde quería que la llevaran (y ella gritó, entusiasmada: «¡A una cabaña en mitad del bosque!»), y negro dos días después, en el desvío de la carretera secundaria donde se bajaron para comprobar que lo que indicaba el cartel era nada menos que un camino de tierra. Ahora estaban en la cabaña, y miraban las vacas, e Inés, con todo el buen humor del que fue capaz, fue sacando al exterior sillas, una mesa plegable y un par de hamacas para hacer un patio-búnker alrededor de la puerta y poder tomar el sol tranquila, mientras Clara huía al fondo del salón, sentándose en un sillón forrado de raso beige. Observó su cuaderno de dibujo, que estaba apoyado en la pared. «Creo que es mejor que eso lo dejes en casa, cariño», le había dicho Pepe ayer, antes de salir. Clara había contestado que se lo llevaba sólo por si le apetecía pintar la cabaña, y era un deseo tan inocente y saludable que su padre no había querido contradecirla, aunque no se ahorró una mirada asesina al cuaderno; una mirada con la que fue sentenciado para siempre como monstruo. Clara había sacado el monstruo de la maleta nada más llegar y lo había colocado junto a la chimenea. Sentada en el sillón, esperaba el momento de hacerlo desaparecer, mientras se esforzaba en no pensar en nada, pues a cada rato la asaltaba el recuerdo de la funesta noche, y la culpa; la culpa a pesar de su cuaderno y la mochila, y sentía que una creciente y terrible angustia se le agazapaba en el pecho, y que no podía llorar.

En su habitación tenía una postal de 1945 en blanco y negro de un paisaje de Alsacia, y secretamente había esperado despertarse en mitad de un fabuloso bosque de coníferas. Lo había esperado incluso cuando ya estaban a punto de llegar, ayer por la noche; una noche tan cerrada que era imposible distinguir las siluetas de los árboles, aunque por la ventanilla abierta se colaba un elocuente y delicioso olor a pino. Clara salió al exterior y deambuló un rato por los alrededores. Como siempre que iba al campo llevaba su guía de *Árboles y arbustos de Europa*. Tenía que dejar de pensar en *aquello*, y se obligó a leer la definición tantas veces leída. «Pino carrasco, de hasta veinte metros de altura y de copa globosa o piramidal con hojas aciculares de color verde claro cuyo fruto son las piñas oblongo-cónicas pendriculadas castaño-rojizas». *Aquello* era también la posibilidad de estar volviéndose loca. El efecto de la lectura reforzó la sensación de abismo que tenía entre sien y sien, pues fue como encontrarse de nuevo por la noche, después de la academia, después del paseo y de la cena, en su cuarto, delante del cuaderno de los deberes. Se dio cuenta de la escasa distancia que había entre aquel raro y obsesivo entusiasmo y la angustia que tenía ahora. Corrió hasta la cabaña y metió la guía en su mochila. Salió de nuevo y comenzó a caminar monte arriba, hasta que el cansancio la calmó un poco. El bosque era tan tupido como podía serlo un bosque de pinos, y al llegar a unos bloques de roca caliza, dispuestos sobre el declive a modo de escalones, se tumbó boca arriba. La piedra estaba caliente por el sol, y Clara se sorprendió fastidiada por no ser capaz de saber si lo que planeaba en el cielo era un águila, o un milano, o incluso un buitre, y acto seguido intentó agarrarse a aquel sentimiento de sorpresa ante su fastidio, ya que no podía agarrarse al fastidio mismo. Lo que hasta hacía poco sentía como «natural», como «propio» (no acertó con la palabra «sano»), se había volatilizado, y parecía que todo lo viviera desde lejos. La sorpresa no dejaba ya de ser un vicio en su relación con las cosas, aunque llegar hasta ahí era, por el momento, ir demasiado lejos. A Clara no le interesaba analizarse, sino recuperar la sensación de normalidad. Se puso de nuevo en pie y, tras un rato de furioso ascenso, alcanzó la cumbre. Contempló largamente el valle, que a pesar de los pinos tan verdes parecía seco. Se veía también la cabaña, y a Pepe pasear de un lado al otro del prado. Agitó las manos y llamó a su padre, pero estaba demasiado lejos, y sus gritos resbalaban apenas por la pendiente. Tuvo miedo de que volvieran a darla por perdida y se precipitó monte abajo, atrochando. En menos de media hora estaba en la cabaña, con el pelo revuelto y la cara colorada por la carrera. Inés preparaba una ensalada de pasta, y Pepe ponía la mesa.

—¡Has encendido la chimenea! —dijo Clara.

—No ha sido fácil, pero al final lo conseguí —respondió Pepe.

—Con el calor que hace ahora... —dijo Inés.

—Cuando baje el sol, te vas a pelar de frío.

Clara miró los leños y dijo que, dado que la cabaña era de madera, podían salir todos ardiendo.

—La chimenea entera es de hierro, Clara —le dijo su padre.

—Pero la madera se calienta.

—No lo suficiente, cariño. ¿Crees que van a hacer una cabaña para que nos devore el fuego?

Comieron con la puerta y las ventanas abiertas. La corriente de aire removía sus cabellos, alzaba el mantel y estrellaba las servilletas contra los platos. Clara esperó en vano a que Inés y Pepe abordaran el «tema» (así lo habían llamado cada vez que querían hacer alusión al accidente), el cual, a lo largo de aquella semana, había estado envuelto en un respetuoso mutismo. De lo único que hablaron sus padres durante la comida fue de la belleza del paraje y del sol tan espléndido que hacía; un sol que restallaba en las piedras y sobre las copas de los árboles. La posibilidad de poder desahogarse en unos brazos comprensivos; de limpiarse de aquella creciente culpa por haber llevado una doble vida, se le cerró. El secreto seguía siendo suyo, y con odio miró el cuaderno, pensando que no sólo iba a hacerlo desaparecer, sino que el lunes mismo pondría punto y final a la academia.

Cuando el último vaso tintineó en el escurridor, sus padres le propusieron hacer una excursión por los pueblos de la zona. Clara negó con la cabeza y luego, al ver que no pensaban abandonar la cabaña sin ella, sugirió:

—¿Por qué no vais vosotros? No va a pasarme nada.

Inés y Pepe se miraron. ¿Era mejor fingir normalidad?

—No me gusta que me estéis vigilando todo el tiempo. Además, me apetece estar sola —dijo Clara.

Inés hizo una mueca de disgusto y se metió en el dormitorio. Pepe la siguió y Clara escuchó palabras sueltas, proferidas en susurros. «No traumatizar», «excepción», «superar», «campana de cristal». Desde que tenía uso de razón, quedarse sola en casa o en cualquier otro lugar jamás había sido un problema.

—Está bien. Te dejaremos tranquila —anunció Pepe, saliendo del dormitorio con un traje sport.

—Papá te deja su teléfono móvil. Llámanos inmediatamente si tienes miedo. Mi número te lo sabes, ¿no? —dijo Inés sin levantar la vista del suelo. Llevaba el pelo recogido en un moño y se había puesto una gabardina marrón a juego con unos botines de piel. Era la primera vez que veía a su madre avergonzarse de su coquetería, y la encontró singularmente bella.

—¿Me prometes que no te vas a mover de aquí mientras estemos fuera?

—Sí, mamá.

Sus padres la cubrieron de besos y caricias, y transcurrió una eternidad hasta que dejaron de sacudir los brazos desde el umbral de la puerta en señal de despedida. Parecía que estuvieran en un barco a punto de zarpar. Echaron la llave —había una copia sobre la mesa— y Clara, aliviada, fue hasta la pila de leños y eligió un tronco grueso. Lo soltó a plomo en la chimenea, y por un momento creyó que el fuego se extinguiría bajo el peso del cachizo. Tomó su cuaderno, y durante una hora entera miró atentamente los dibujos con sus nombres bien rotulados: Carol Jessen, Barbara Fountain, John Singer Sargent, Julian Onderdonk, Marylin Simandle, André Renoux, Ernesto Rodríguez y Schmiedekampf. En total había cuatro senderos que se perdían entre laderas, dos iglesias campestres, tres orillas del Sena con barcos y nubarrones, cinco calles parisinas, la torre Eiffel y un paisaje nocturno de una ciudad desconocida. Uno a uno, fue arrancándolos para echarlos al fuego. Desgarró también las tapas, abriendo con fuerza los brazos y provocando que la anilla de metal se estirara hasta quedarse casi recta y con el último dibujo, el de Schmiedekampf. Lo separó del alambre cuidadosamente, con pena, y lo colocó sobre la chimenea, debajo de un cuadro con marco dorado que presidía la estancia, y que representaba una caza de ciervos. Luego caminó hasta el centro de la habitación para apreciar el efecto, que fue el de un grito bajo esos colores tan tristes y convencionales de la caza (o en todo caso tristes y convencionales ahí, en el salón de la cabaña), donde además su dibujo se veía demasiado, con su amarillo chillón, su blanco azulado chillón, su rojo chillón, su letrero donde ponía NO TURNS, o NO TURNG o incluso NO TURNY, y negro, mucho negro por arriba y por abajo, rotulando un imposible efecto de perspectiva. Su profesora tenía razón, aquello no parecía una calle, sino un túnel iluminado en el mejor de los casos, y en el peor, un pésimo cuadro abstracto. Antes de decidir si lo quemaba el dibujó resbaló y se detuvo bamboleante durante unas décimas de segundo en la rejilla de la chimenea. Fue absorbido por una llamarada de fuego tan grande que el calor alcanzó su mejilla, obligándola a retroceder. En el suelo había quedado una mancha. Clara se acercó y pasó el dedo: era la tiza de los dibujos. La limpió con un trozo de papel de váter mojado, y con el alambre del cuaderno formó un corazón destinado a residir durante algún tiempo (el tiempo en que tardó en deformarse primero, y en clavársele en la espalda después) en el fondo de su cartera.

Estaba oscureciendo y las vacas eran ahora bultos negros que lentamente fueron desplazándose hasta el centro del prado para tumbarse en el suelo. No pudieron descansar mucho, pues al rato llegó dando pitidos el coche de sus padres y, aterradas, salieron en estampida a refugiarse detrás de la cabaña. Inés bajó del coche cerrando violentamente la puerta, y Clara supo de qué manera iba a mirarla cuando atravesara el umbral, así que tomó asiento en el sillón forrado de raso y se dispuso a encajar con la espalda muy recta los ojos homicidas de su madre. Sin embargo, Inés no la miró, sino que fue derecha a la cocina, donde dejó sobre la encimera una enorme bolsa llena de paquetes de papel de estraza. Luego se encerró en el dormitorio.

—Tu madre —le dijo Pepe, resignado, mientras colgaba el abrigo en la percha—. Hemos ido a ver unos pueblos muy bonitos que te habrían encantado. Había muchísimas cabras por el camino. Y también algunos caballos.

—¡Qué bien! —respondió Clara.

—La comida está en la bolsa. Ya podéis empezar a preparar la cena —rugió Inés desde la habitación. Clara miró el reloj; eran sólo las ocho y media.

—No tengo hambre —dijo. Inés volvió a la cocina, y con gran estrépito sacó una ensaladera y rajó el papel de estraza. Con un cuchillo jamonero partió una lechuga en trozos pequeños y regulares, y luego un pan bazo que emitió un ruido seco. Sobre la miga, con una cucharita, vació la pulpa de tres tomates, y reservó el resto para la ensalada. Clara se asomó a la cocina en el momento en que un diente de ajo, de un blanco luminoso sobre la tabla de madera, era seccionado infinitesimalmente. Con paciencia, Inés espolvoreó aquellos cachitos que eran como pulgas sobre el *pa amb tomàquet*.

—Va a picar —dijo. Su madre no le respondió. Vació el

agua de la ensaladera procurando que las hojas de lechuga no se le escaparan, partió un par de tomates más y de otro paquete sacó un queso envuelto en un paño.

—Queso servilleta —dijo—. ¿Quieres probar?

—Luego —respondió Clara. Inés distribuyó los pedazos mantecosos en un plato y echó por encima la miel sacada del último paquete.

—Lo hemos comprado todo en un puesto de la carretera. Era lo único que había abierto.

—Había bares abiertos —dijo Pepe.

—¡Me importan un comino los bares abiertos! —respondió Inés. Clara no se quedó a ver la escalada de gritos. Sigilosamente abrió la puerta de la cabaña y salió al exterior.

Cuando sus padres se peleaban, tendía a sentirse triste por las trifulcas, que podían durar días enteros; sin embargo, ahora no se sentía triste, sino culpable, ya que en el fondo se estaban peleando por tener que estar en el campo, es decir, por ella. Después de un rato de caminar alrededor de la cabaña, le dieron ganas de internarse en el bosque, y al principio dudó y se quedó quieta, fija su mirada en la espesura, con una inquietud excitante e idéntica a la de sus paseos por la ciudad. Dio unos cuantos pasos en la oscuridad y se detuvo de nuevo, con expectación, como si tuviera que ocurrir algo. Por entre las copas de los árboles llegaba el fulgor claro de la luna, y un aire húmedo, frío, con olor a pino, a tierra y a resina, la envolvió agradablemente. La angustia y la sensación de extrañamiento se habían evaporado, y el paisaje nocturno le recordó de nuevo a la postal que tenía en su habitación. Le parecía estar franqueando el sendero del bosque alsaciano, aunque allí no había ningún sendero. Caminó siguiendo la pendiente hacia abajo, en línea recta para no perderse, y conforme fue adentrándose la vegetación se hizo más espesa, hasta que sólo se distinguieron los troncos más cercanos y las copas recortadas contra el firmamento. Cerró los ojos y siguió andando mientras escuchaba el crepitar de la pinocha seca. Se movía muy lentamente, con los brazos extendidos hacia delante, y cuando los posaba en algún tronco recorría levemente la corteza, cuya aspereza le hacía cosquillas en la palma de la mano y se la dejaba llena de resina. El frío empezó a calársele en los huesos, pero se resistió a volver al prado, y avanzó un centenar de pasos más en aquella increíble quietud, en la que de vez en cuando se escuchaba el ulular de las lechuzas o los movimientos tímidos de algún animal que saltaba a su paso e iba a guarecerse entre los montones de piñas. En dos ocasiones abrió los ojos después de escuchar un revuelo bajo sus pies. Se agachó para mirar atentamente el suelo, pero el ratón, la culebra o el insecto se habían esfumado en la noche.

Decidió darse la vuelta y regresar, y fue entonces cuando, a su izquierda, advirtió un tenue resplandor. Pensó en excursionistas acampados alrededor de una hoguera, y también en un incendio, aunque la luz no tenía las oscilaciones del fuego, sino que era plana, continua. Caminó hasta comprobar que el foco procedía de una casa vallada con tablones de madera que apenas le sobrepasaban la cintura. En el interior, siguiendo el curso de la valla, había jazmines, cactus, periquitos, esparragueras, damas de noche, margaritas sin flores, bojes, tomateras y helechos. Del frontón del porche pendía un pequeño farol. Clara dio un rodeo y volvió a la ventana. Vio un fogón, una pared de azulejos verdes, y cacerolas y sartenes colgando de un gancho. Encima, repartidos en dos baldas, había botes de azúcar o sal; café y hierbas, y también unos cuantos vasos. El aire espartano que envolvía los objetos hacía pensar en la cocina de un viejo. En el fogón había puesto a calentar un cazo. Al rato, un hombre cruzó el marco de la ventana, y Clara dio un respingo. El hombre era alto, de espalda ancha, con el pelo ligeramente rizado y abundante, y con canas en las sienes. Como si hubiese adivinado que alguien lo espiaba, se dio la vuelta y, pegando el rostro al cristal, clavó sus ojos en Clara. Avergonzada, Clara retrocedió unos pasos, aunque sin salirse del radio de luz. El hombre abrió la ventana y Clara echó entonces a correr, desoyendo un «¡Espera!» que vibró en el aire durante algunos segundos, hasta desvanecerse entre el crujido seco de la pinocha. Al llegar a la cabaña, sofocada por la carrera, la mesa estaba puesta. Había estado fuera más de una hora. La excursión la había hecho olvidarse momentáneamente de todo, como si sólo existiera el bosque y aquel extraño hombre que le había pedido que esperara. Volvió a acordarse de sus dibujos quemados y de los jardines del antiguo cauce, y la angustia se le concentró en la boca, pues de repente no pudo tragar el pan con tomate y ajo, que estaba reblandecido, viscoso; ni la ensalada, ni el queso con miel.

—¿No tienes hambre? —le preguntó Inés.

—Poca —respondió Clara.

—No comas si no quieres.

—¿Te encuentras bien? —dijo Pepe.

—Sí —contestó Clara. Luego añadió—: ¿Para qué me llevasteis al hospital si no?

—¿Cómo? —preguntó Inés.

—Pues que ya dijeron en el hospital que no me había pasado nada —dijo, y su voz vaciló entre el infantilismo y el enfado. Inés la rodeó con los brazos.

—Claro cariño, es que somos unos tontos tu padre y yo. ¿Ya no te duele el muslo?

—Un poco.

—Unos cuantos días más y se te quitan los moratones —dijo Pepe, poniéndole una mano sobre el brazo y apretándola. Luego le preguntaron por su paseo nocturno, y Clara les dijo que el paseo le había sentado bien y que se veían muchas estrellas. No mencionó su aventura por el bosque. Cuando terminaron de cenar, Inés recogió la mesa, fregó los cacharros y les dio las buenas noches. Clara y Pepe jugaron al ajedrez, y luego salieron al prado. Dieron un par de vueltas, sorteando las vacas, y subieron monte arriba, hasta llegar a las rocas en las que se había tumbado Clara por la mañana. Aunque estaban sudando, al poco tiempo comenzaron a tiritar, y bajaron echando una carrera, que en verdad no fue carrera, porque tenían que ir con cuidado para no resbalar por la pendiente. Ya en la cabaña, se sentaron un rato junto a la chimenea. A la una y cuarto su padre le dio un beso y desapareció en la somnolienta oscuridad del dormitorio.

Sintió miedo de tener que volver a pasar una noche sumergida en los jardines del antiguo cauce, en la cama del hospital, en la sombra que la había arrastrado por la ciudad, pero no pensó demasiado en ello, sino en el aparato transparente que la ginecóloga le había metido entre las piernas, en el dolor y en que aquellos días había tenido miedo de tocarse. Se palpó el sexo y volvió a imaginarse desnuda e inconsciente en los jardines, y en lugar de horror le acometió una excitación instantánea. Hacía mucho tiempo que no se masturbaba. Siguió moviendo el dedo, muy torpemente al principio, separándolo de la hendidura y volviéndolo a juntar, y así estuvo un tiempo, hasta que dejó de separarlo y de moverlo de arriba abajo para moverlo hacia delante y hacia atrás. Sus piernas fueron abriéndose conforme aumentaba el placer. Los contornos desaparecieron por completo, y fue como deslizarse por una pendiente lisa y esponjosa. Pegó un grito que sólo pudo oír ella, pues por suerte, desde el prado, llegó un estrépito de cencerros y de mugidos, que se prolongó durante los minutos en que se quedó sobre la cama, con los sentidos abotargados. Se levantó, se lavó silenciosamente y a conciencia la mano y volvió a acostarse. Junto a la excitación, que todavía le duraba, sintió un escalofrío.

2

La ciudad

El policía dijo:

—Parece que ya vuelve en sí.

Clara se incorporó y miró sus pantalones rotos. Dos enfermeros la agarraron por los sobacos y los tobillos, la subieron a una camilla y luego ascendieron por la rampa de la ambulancia. Creyó que iba a desmayarse, pero todo volvió a su lugar cuando se encontró en posición horizontal. El hospital no debía de estar muy lejos, pues la ambulancia se detuvo a los dos minutos, y de nuevo la rampa y la impresión de que se desvanecía, sobre todo por los pasillos y bajo aquella luz blanca, que fue como una bofetada sobre los párpados y por debajo de ellos, hasta que se durmió. Cuánto tiempo estuvo durmiendo no lo supo; tuvo la sensación de que habían sido muchas horas, pero tal vez fueran sólo unos minutos. Al despertar ya no tenía su ropa, sino una bata verde anudada por delante.

—Vamos a hacerte unas pruebas —le dijo un médico con gafas y barba, rechoncho, e iba a añadir algo más, pero no pudo, pues sus padres se abalanzaron sobre ella, y casi la ahogan entre besos y lágrimas, hasta que el médico ordenó que no la tocaran. Clara comenzó a sentir que era de cristal fino y que se quebraría si le pusieran una mano encima. Le hicieron un análisis de sangre, un examen minucioso de todo el cuerpo y aguantar media hora dentro de una máquina que hacía un ruido atronador, mitigado apenas por los protectores de oído. Finalmente, después de que el médico hablara a solas con Inés y Pepe, y todo el mundo comenzara a mirarla con cara de pena, la metieron en una habitación pequeña y le pidieron que se quitara las bragas y que colocara las piernas hacia arriba, ensartándolas en unos estribos que le recordaron a cuando las mujeres daban a luz en las películas. La ginecóloga estuvo observándola y, al igual que los otros doctores, apretando aquí y allá.

—Esto te va a doler —dijo al cabo de unos minutos, cogiendo un aparato transparente. Clara intentó cerrar las piernas pero una enfermera se las sujetó con fuerza, y notó cómo le metían el aparato allí donde ella jamás se había metido nada, ni siquiera un tampón. Aulló de dolor.

—Toma del endocérvix —le dijo la ginecóloga a la enfermera, que sacó de un envoltorio de plástico un objeto punzante. Clara se puso a dar patadas al aire y a sollozar. El aparato transparente se le escurrió de la vagina y de un manotazo cayó al suelo. La enfermera fue a buscar ayuda. Al poco se presentaron en el cuartucho dos fornidos auxiliares, o médicos, o lo que fueran, y entre los tres pareció que la empalaban en el aparato transparente. Su cuerpo quedó reducido a aquel orificio en carne viva.

—Si aprietas es peor —le dijo la ginecóloga, que se acercó para rasparle. Clara notó un mordisco diminuto, como de hormiga o de pulga carnívora, y apretó los dientes sin dejar de llorar.

Tardaron apenas una hora en darle los resultados del escáner cerebral. Había que agradecérselo al director del hospital, del que sus padres eran amigos, y que se había desplazado en plena madrugada hasta allí. Ahora el director estaba en la habitación, junto con sus padres, su abuela, sus dos tíos maternos y su madrina, y todos hablaban a voces y ponían muy nerviosa a Clara, o tal vez era el café que le habían dado para que no se durmiera; un café con magdalenas, y el director que le había dicho a la enfermera: «Si sólo quiere magdalenas, pues magdalenas, no hay que obligarla a comer». Las radiografías de su cráneo colgaban de una pantalla iluminada, y ante ellas habían desfilado el neurólogo, para dar el visto bueno, y el director, que había dicho: «Está como una rosa», aunque luego había añadido, muy serio: «Aun así es mejor que pase unas horas en observación». «¿Por qué tengo que pasar unas horas en observación?», había preguntado Clara. «Porque hay que asegurarse», le contestó el director. Al rato, el director se despidió, y también sus tíos y su madrina, y en la habitación quedaron tan sólo su padre, su madre y su abuela Mercedes. Su madre le preguntó si tenía hambre, frío, y si le dolía la cabeza, y Clara negó tener hambre, frío y dolor de cabeza. Sin saber qué hacer, Inés cogió el cuaderno de dibujo de Clara, que estaba apoyado contra la pared, y se puso a mirar en silencio las láminas. Clara procuró no centrar la atención en aquel repaso de sus dibujos, pero era muy difícil, porque por un lado deseaba que Inés los aprobara por milésima vez, y por otro los dibujos tenían la culpa de que ahora estuviera en el hospital. Carol Jessen, Barbara Fountain, John Singer Sargent, Julian Onderdonk, Marylin Simandle, André Renoux, Ernesto Rodríguez y Schmiedekampf eran los flamantes autores de las láminas que había en su academia, y por tanto de los cuatro senderos, las dos iglesias, las tres orillas del Sena con barcos y nubarrones, las cinco calles parisinas, la torre Eiffel y el paisaje nocturno de una ciudad desconocida que conformaban la totalidad de su «obra». Clara había escrito los nombres de los pintores en todas y cada una de las copias, para que quedara constancia de que eran ellos los que elegían pintar con aquel bucolismo trasnochado (excepto Schmiedekampf), o con aquella pretensión de decorar un salón familiar, y no ella, que esperaba ser una pintora famosa y vanguardista, y que no tenía más remedio que pasar por el calvario de las láminas para que al año siguiente le enseñaran de una vez por todas a utilizar las témperas.

—Son muy bonitos, hija —le dijo Inés.

—Gracias —contestó Clara, haciéndose la distraída.

Su madre le clavó unos ojos verdes y fulgurantes de impaciencia, y tras carraspear varias veces, como si tuviera miedo de que la voz no le saliera con claridad, le preguntó:

—¿Por qué en lugar de ir a la academia te fuiste a pasear?

—No me encontraba bien. Sólo quería dar un paseo —respondió Clara.

—¿Y por qué no te fuiste a casa, cariño? ¿Es que acaso te hemos reñido alguna vez por saltarte las clases de la academia? ¿Te hemos reñido por encontrarte mal?

—Sólo quería dar un paseo —repitió Clara.

—¿Pero no ves lo que te podría haber pasado? —dijo Inés.

—No discutáis —dijo la abuela. Clara se imaginó por un momento desnuda en los jardines del antiguo cauce, con aquel individuo misterioso que la había arrastrado por media ciudad hasta dejarla en la plaza donde la despertó el policía acariciándole sus senos diminutos, y la imagen la llenó de espanto.

La mañana siguiente la pasó contemplando en el espejo el muslo de su pierna derecha, cuya mitad iba adquiriendo un restallante color entre amarillo, morado y verde, al igual que parte de su espalda, aunque lo que más impresión le daba era su rostro, con el labio superior y la mejilla hinchada y con hematoma, como si le hubieran dado un puñetazo. El lamentable estado del lado derecho de su cuerpo, sin embargo, no le preocupaba tanto como la afirmación del médico de que había una pequeña laguna en su memoria. ¿Había querido dar a entender que tenía que acordarse de lo ocurrido desde que se tiró al vacío hasta que se despertó en la plaza? ¿Por qué no suponer que sencillamente un hombre la había recogido con tanto cuidado que ni siquiera la despertó, y que su intención había sido la de llevarla hasta la mismísima puerta de urgencias, aunque luego la hubiese dejado en aquella plaza por algún motivo que nunca llegarían a saber? O dicho de otro modo: ¿por qué pensar lo peor? Varias veces se había desnudado para examinarse detenidamente los pechos y el pubis en busca de alguna señal sospechosa, pero no había encontrado nada. Los que sí parecían encontrar algo eran los familiares y los amigos de sus padres que fueron a visitarla, pues la miraban más de la cuenta, o eso creía al exponer su cuerpo desnudo bajo la bata verde, ya que era su cuerpo lo que todos miraban imaginando Dios sabe qué, o tal vez imaginando nada; tal vez era ella la que imaginaba que todos imaginaban, pues al ponerse en pie sólo veía de refilón las miradas de sus tíos y tías y de los amigos de sus padres, es decir, que en verdad no veía hacia dónde miraban, lo cual en nada modificaba la sensación de ser contemplada como un objeto sexual. Durante dos horas la habitación estuvo a rebosar de visitas, y cada vez que se levantaba para ir al baño, lo que ocurría con alarmante frecuencia (cuando estaba nerviosa, no podía dejar de sentir que se hacía pis), volvía luego corriendo a la cama, con la imagen fresca de sus hematomas de la parte derecha de su cuerpo (y quizá fueran los golpes lo que los visitantes trataban de adivinar debajo de la bata verde), para taparse con las sábanas, la manta y la colcha hasta el cuello, a pesar de la sofocante calefacción, y concentrarse obstinadamente en algún punto de la pared, hasta que alguien le preguntaba por el pretil y por la caída, y entonces tenía que relatar de nuevo su aparatoso accidente. Si quien le había preguntado era un familiar cercano recibía una recriminación, y la recriminación era, por supuesto, mejor que el silencio.

A las doce y media en punto se presentó en la habitación un psicólogo que se llamaba Javier y que, muy educadamente, pidió por favor que lo dejaran a solas con Clara. Era alto y delgado, con la piel tostada y el pelo negro. Llevaba unas gafas de montura marrón que le hacían los ojos más pequeños.

—Hola, Clara —le dijo.

—Hola —respondió Clara.

—¿Qué tal te encuentras?

—Bien.

—Estoy aquí para explicarte que esta tarde van a venir unos señores policías a hacerte unas preguntas.

—Vale —dijo Clara.

—No te las harán si yo estimo que no estás bien. Tu madre me ha dicho que estás perfectamente.

—Estoy bien —dijo Clara.

—¿Te gustaría contarme lo ocurrido?

Clara se encogió de hombros, aunque ante aquella mirada insistente acabó relatando de forma somera el accidente.

—Muy bien —le dijo el psicólogo—. Me han dicho que no te acuerdas de lo que pasó desde que te caíste hasta que te trajeron al hospital, ¿no?

—No.

—¿Y crees que tendrías que acordarte?

Clara se quedó callada, sin entender la pregunta.

—Quiero decir que si no tienes la sensación de haberte olvidado de algo, o si te viene a la cabeza alguna imagen suelta —dijo el psicólogo.

—No.

—Entonces, ¿nos das permiso para que esta tarde te hagamos las preguntas?

—Sí.

—¿Estás segura?

—Sí.

—Vale —dijo el psicólogo—. Ahora me gustaría que hiciéramos unos ejercicios de relajación.

—Bueno —respondió Clara, pensando qué necesidad había de hacer los ejercicios si acababa de decirle que estaba bien, y además su madre también se lo había dicho. El psicólogo le pidió que se sentara sobre la cama cruzando las piernas y con las manos apoyadas sobre las rodillas (posición de loto, dijo), y a continuación que se fuera concentrando en todas y cada una de las partes de su cuerpo, con los ojos cerrados, empezando por las puntas de los pies y acabando por el pelo, mientras respiraba profundamente hinchando el estómago. Durante una hora estuvo concentrándose en sus piernas, en sus brazos, en sus manos, en sus orejas, y al principio se puso nerviosa, aunque al rato tuvo que hacer esfuerzos para no dormirse, hasta que el psicólogo le dijo: «Ya está». Abrió los ojos y se encontró con la mirada de Inés, que la contemplaba sonriente y sentada en una silla, y con Pepe, que hojeaba el periódico, y con su abuela Mercedes, que parecía también muy concentrada en las palabras del psicólogo. Pensó que se había quedado dormida a pesar de todo, puesto que no los había escuchado entrar. El psicólogo se despidió, y un silencio pesado, de pasar hojas, de cigarros fumados en la ventana y del ajetreo lejano que llegaba desde la calle, se apoderó de la habitación, hasta que a las dos llegó una enfermera con la comida. Su padre bajó entonces al bar a picar algo, y su madre se fue a casa en busca de una muda, ya que por la tarde le iban a dar el alta. Clara comió con su abuela, quien, al rato, le anunció que estaba harta de estar sentada, que le iban a reventar las piernas, y que si no le importaba que se fuera a caminar por el pasillo. Clara le dijo que se fuera tranquila, y se quedó sola. Tenía una extraña sensación de vacío, como si de repente le diera exactamente igual lo sucedido y lo único que le importara fuera salir de una vez de aquella bata, y de aquella cama y de aquel hospital. Para distraerse encendió la tele. En ese momento, y en casi todos los canales, estaban echando noticias. Una mujer habló de tres casos de violación en Valencia y de un extraño suceso acaecido la noche anterior en la misma ciudad; una adolescente que se había precipitado al antiguo cauce del río y que había sido encontrada en una plaza en la que solían dormir vagabundos, a más de dos kilómetros del accidente, sin que se supiera quién la había llevado hasta allí. La familia había puesto una denuncia, aunque la policía y el hospital no habían querido facilitar información sobre el caso. La siguiente noticia era la sequía que asolaba un país africano, pero Clara no la escuchó, sino que agarró el mando a distancia y comenzó a zapear frenéticamente de telediario en telediario. La sesión del Congreso, una mujer asesinada, una guerra, unas escuchas telefónicas, una ley, impuestos, fútbol. Tenía la sensación de haberse convertido en otra persona. El estómago se le hizo un nudo. Saltó de la cama y corrió al baño.

Había almorzado lentejas y merluza empanada, y, apoyada en la taza del váter, observó el reguero de color ocre y las cascarillas pegadas a los restos de pescado. Vomitó casi toda la comida de una sola arcada. Luego tiró de la cadena varias veces, y se lavó la cara y la boca. Volvió a mirarse en el espejo las partes doloridas, con el miedo concentrado en la mejilla derecha, donde estaba el hematoma que hacía pensar en el golpe de un puño cerrado y brutal, y a continuación se desnudó y se examinó de nuevo en busca de algún rastro delator, aunque por supuesto no encontró nada, así que se puso la bata y esparció un poco de colonia por el suelo. El telediario ya había terminado.

A las cinco de la tarde, antes de que le dieran el alta, llegó el psicólogo acompañado de dos policías. Clara los observó expectante; no tenían pinta de ir a interrogarla, sino de tomar apuntes, pues se habían sentado y habían sacado del bolsillo de sus camisas sendas libretas.

—Te voy a hacer yo las preguntas, Clara —dijo el psicólogo—. ¿Te parece bien? No vayas a creer que esto es algo serio. Sólo les tienes que contar a estos señores lo que ya nos has dicho a todos.

—Vale —dijo Clara, y contó de nuevo, aburrida, su accidente.

—¿Y cómo fue que te dio por caminar por el antiguo cauce? —le preguntó el psicólogo, obedeciendo a un movimiento de cabeza del policía más viejo.

—Porque siempre camino por ahí —respondió Clara.

—¿Y por qué te subiste al pretil? —preguntó el psicólogo.

—Porque siempre me he subido —respondió Clara.

—¿Qué pasó cuando te caíste? —preguntó el psicólogo.

—Que me choqué contra un pino —respondió Clara.

—¿Te acuerdas de algo cuando estabas en el suelo? —preguntó el psicólogo.

—No —respondió Clara.

—¿Y viste a alguien mientras estabas asomada? —preguntó el psicólogo.

—Había gente que paseaba, y gente que corría, y gente con perros —respondió Clara.

—¿No hubo nadie que te llamara la atención? —preguntó el psicólogo.

—No —respondió Clara.

—¿Y no viste a nadie conocido? —preguntó el psicólogo.

—No —respondió Clara.

—¿Y no te acuerdas absolutamente de nada? —preguntó el psicólogo.

—No —respondió Clara.

—¿Y soñaste con algo? —preguntó el psicólogo.

—No —respondió Clara.

—¿No sabes cómo llegaste a aquella plaza? —preguntó el psicólogo.

—No —respondió Clara.

—¿Qué fue lo primero que viste? —preguntó el psicólogo.

—Al policía que me despertó —respondió Clara.

—Muy bien, Clara. Ya no te vamos a molestar más. Enseguida te van a dar el alta, así que ya puedes vestirte. Como ves, ha sido muy rápido.

—Sí —contestó Clara.

—Tu padre ya está abajo esperando con el coche —le dijo Inés.

Clara saltó de la cama, entró en el baño y se puso unos vaqueros y una camiseta rosa con una mariquita estampada en el centro. Era su camiseta preferida; su madre se la acababa de traer recién limpia. Se despidió del psicólogo y del médico, y recorrió de la mano de Inés los pasillos del hospital. Al salir su padre la abrazó. Se montaron en el coche. Clara miró las calles de aquella parte de la ciudad, por la que jamás había transitado, y pensó que en verdad había una enorme distancia entre el lugar del accidente y la plaza donde había sido encontrada. Se dijo que, quien quiera que fuese el que la había recogido en los jardines, no había hecho aquel camino andando, sino en coche.

Por la noche, y a pesar del cansancio, le costó dormirse. Estuvo pensando qué habría pasado si no le hubieran hecho las pruebas ginecológicas, y si su caso no hubiese salido en las noticias, y si sus padres no hubiesen puesto una denuncia. Si no hubiera pasado nada de eso, ella bien podría haber sabido que no se había despertado en el antiguo cauce, sino en una plaza, porque su memoria estaba intacta a pesar de que el médico dijera lo contrario. Tal vez habría concluido que por el golpe en la cabeza tuvo visiones de vagabundos que miraban a una prudente distancia, y asunto concluido. Luego fue más lejos, y se dijo que en verdad todo había empezado mucho antes, cuando decidió que quería ser pintora y se apuntó a la academia dos horas diarias de lunes a viernes, pues fue por culpa de la academia que se aficionó a pasear. Clara iba a un colegio privado donde había clases hasta las cuatro y media de la tarde, a las cinco llegaba a su casa, y de seis y cuarto a ocho y cuarto tenía academia. Después se duchaba y cenaba, y por la noche, de once a una, hacía los deberes. ¿Cuánto tiempo había aguantado aquel plan espartano? No lo sabía. En cualquier caso, no más de tres o cuatro meses, porque pronto habían empezado a darle migrañas, terribles, justo cuando tenía que ponerse a dibujar, hasta que un día decidió darse un paseo y la migraña desapareció como por encanto, amén de verse libre durante dos fabulosas horas para caminar por donde le viniera en gana, y la ciudad tan vibrante a las seis y media de la tarde en invierno, tan sumergida en no sabía qué de mágico a la caída del sol. Pensó en la fascinación que desde hacía tiempo ejercían sobre ella los vagabundos, a los que muchas tardes iba a observar desde el pretil del puente, después de haberse dado su paseo por la ciudad vieja en lugar de asquearse con las Marilynes Simandles y los Andrés Renoux de las láminas, y en la oscura e incomprensible simetría entre aquella fascinación y el haber sido arrastrada por media ciudad, y luego abandonada en una plaza llena de indigentes. Tal vez se tratara de un castigo del destino, o simple y llanamente de un destino, aunque luego, mucho más tarde, pensó todo lo contrario, es decir: qué necesidad había de remontarse tan lejos en el tiempo, y si existía en verdad una conexión entre una cosa y otra, o era simplemente el azar, al que convertía en chivo expiatorio impelida por la necesidad de encontrar un culpable. A las cuatro de la mañana se quedó al fin dormida, y no soñó con nada.

El fin de semana fue tranquilo; Clara no salió de casa y sus padres procuraron no hablar del accidente y apagar la televisión a la hora de los informativos. El lunes no fue al colegio, pues todavía tenía el labio demasiado hinchado y la mejilla amoratada. A las amigas que llamaron les dijo que estaba enferma y, al reflexionar su respuesta, se dio cuenta de que le resultaba imposible contar lo sucedido. Por otra parte, podría haber hablado de su accidente, pero por sí solo resultaba un hecho ridículo (aquella tarde se había subido al pretil, que medía medio metro de ancho, y un rottweiler que iba como loco y sin dueño por la calle se le echó encima, y ella no supo ni guardar la calma ni caer hacia la acera), y además ya tenía suficiente con la fama de rara para que encima descubrieran que se dedicaba a pasear sola por la ciudad, así que se inventó una gripe y se tapó la nariz para hablar por teléfono. El martes fue a clase con un dedo de maquillaje y colorete, y cuando llegó a su casa por la tarde, humillada por los codazos de sus compañeros, y por las risas y los insultos de un par de chicos de cursos superiores («¡Pintarrajeada!», le habían dicho en el patio, cada vez que pasaban a su lado a la carrera), Inés le anunció que al día siguiente tenían que ir a la comisaría para reconocer a unos sospechosos. Clara se quedó callada.

—Podemos retirar la denuncia —le dijo su madre—. Ya les he dicho que luego no te acuerdas de nada.

—Déjalo —dijo Clara. Luego añadió—: ¿Puedo no ir luego al colegio?

—¿Te han molestado?

—No, pero preferiría no tener que ir.

Su madre la miró con tristeza.

—Es verdad —le dijo—. Pareces Naranjito.

Clara entró en el baño y se desmaquilló con crema. Miró su hematoma, que estaba menos morado que por la mañana, y maldijo a sus amigas, que apenas le habían dirigido la palabra, y que también se rieron cuando los muchachos mayores la llamaron pintarrajeada. Le dieron ganas de irse a pasear, y pensó en la academia y en sus dibujos. Más tarde quiso ver el telediario, aunque no hablaron del violador, y ya sobre las once se metió en internet y se puso a buscar noticias sobre las tres chicas violadas. Esa noche soñó que se despertaba en los jardines del antiguo cauce, y que un individuo del que sólo podía ver las manos, que eran grandes, sucias y con las uñas largas, la tenía agarrada por los brazos y por los pies, y le sobaba el culo. No sabía cómo podía inmovilizarla y al mismo tiempo manosearle el trasero. También veía la punta de las mangas de una chaqueta, que parecía de pana, y que olía a una mezcla de alcohol, orines e inmundicia. Cuando despertó, supo que el olor era idéntico al de un mendigo que se apostaba siempre en la puerta de un supermercado, dos manzanas más allá de su casa. Se puso a llorar, sin saber si llamar o no a sus padres para decirles que acababa de ver al individuo en sueños, pero luego estuvo recapacitando, y se dijo que el sueño había sido culpa de haber estado leyendo morbosamente en internet lo que no debía.

A las once del día siguiente, Clara e Inés estaban ya en la comisaría. Esperaron media hora en una sala sin ventanas. Un policía las condujo por un sinfín de pasillos hasta otra sala pequeña. Apagaron las luces y, a través de un cristal, aparecieron cinco hombres. Cuatro eran señores normales, vestidos con trajes de ejecutivos o de empleados de banca. El quinto era Tobías.

—¿Reconoces a alguien? —preguntó el policía.

Clara vaciló un momento, y luego dijo:

—No.

—¿Estás segura?

Clara miró al policía, muy seria, e insistió en que no se acordaba absolutamente de nada (a veces había visto a Tobías pasear por los jardines, y él también la había visto a ella). Al salir de la habitación, el policía que las había llevado hasta allí las acompañó hasta la puerta.

Fueron a comer a un restaurante cercano a la sucursal bancaria donde trabajaba Pepe. Comieron de menú; arroz a banda y salmón a la plancha. Cuando tomaban el café, Inés le dijo:

—Tu padre y yo hemos pensado que por ahora debes dejar la academia, Clara. Tal vez la puedas retomar cuando estés más descansada, un par de días a la semana, o el fin de semana, si quieres. Los sábados por la mañana también hay clase. Creemos que debes recuperarte, y no llenarte con tanta actividad, hija mía. ¿Te parece bien?

—Sí —respondió Clara.

—Entonces trato hecho —dijo Pepe.

—No queremos que tantas obligaciones te hagan encontrarte mal, y vuelva a pasar algo similar —añadió Inés.

—Sí —volvió a decir Clara. Esa tarde, sin embargo, se quedó sola en casa y, sin saber qué hacer, agarró su cuaderno y se fue a la academia. En la mesa del salón dejó una nota: «He ido a la academia para anular la matrícula». Al llegar, le dio vergüenza decirle a la secretaria que ya no iba a volver más, y entró en clase. A diferencia de lo que había pasado en su colegio, nadie se rió de su maquillaje. Intentó pintar, pero no pudo, y su profesora le preguntó si le pasaba algo, a lo que Clara contestó que le dolía un poco la cabeza, lo cual era en cierto modo verdad. La profesora le dijo que si quería podía salir antes, y Clara notó un deje de sorna en su voz. Cerró su cuaderno, metió los lápices en su mochila y salió silenciosamente del aula. En la entrada, al pasar por delante de la secretaria, dijo: «¡Hasta mañana!». No quería ir todavía a su casa. Se sentó en un banco y dejó pasar el tiempo. Pensó de nuevo en el sueño, y en sus paseos, y sobre todo en Tobías. Al alzar la mirada, se encontró con su madre, que la observaba llorando. Eran las diez de la noche.

Al llegar a casa, su padre la sometió a un largo interrogatorio. Qué hacía ese día paseándose, con cuánta frecuencia se saltaba las clases, desde cuándo se dedicaba a hacer equilibrismos en el pretil y con quién se citaba. Clara gritó que ella hacía lo que le daba la gana, que ya tenía catorce años, y que a la academia iba si quería. Luego añadió:

—¿Para qué pusisteis la denuncia?

—¿Cómo? —dijo Inés.

Consciente de que estaba dando un golpe bajo, Clara tomó aire y repitió:

—Que para qué pusisteis la denuncia.

Pepe se sentó en una mecedora y encendió un cigarro. Luego miró un momento a Inés, buscando ayuda, pero Inés no le prestó atención. Pasaron un par de minutos largos, agónicos, al cabo de los cuales su madre dijo:

—Tienes razón, cariño. Pero de todas formas no debes desaparecer así, y menos después de lo que ha pasado.

—Perdón —dijo Clara.

—Todos estamos un poco nerviosos —dijo Pepe.

—Además, hemos llamado a la academia y nos han dicho que todavía sigues matriculada —dijo Inés.

—Quiero seguir yendo —se atrevió a decir Clara.

—Está bien —dijo Pepe—. Pero por una temporada procura no darnos estos sustos, ¿entendido?

Clara asintió. Inés le preparó un sándwich y cenó mientras veía la tele. Sus padres se acostaron, y Clara se conectó de nuevo a internet. Tecleó Tobías y violación, y a continuación Tobías violador, y sólo le saltaron páginas literarias con relatos de violaciones en los que alguno de los protagonistas se llamaba Tobías. Luego averiguó que en los casos de violación los jueces sólo podía autorizar la prueba del ADN a un inculpado, pero no a simples sospechosos. Fue al baño, se quitó el maquillaje y observó su hematoma, que estaba mucho mejor. Esa noche volvió a soñar con el mendigo que la tenía agarrada y que le manoseaba el culo al mismo tiempo, aunque en esta ocasión no olía mal y, además, y aunque no pudiera verle la cara, tenía un aire familiar. Cuando se despertó, a las cinco de la mañana, se puso de nuevo a llorar. Llegó incluso a levantarse y a caminar hasta la puerta del dormitorio de sus padres, dispuesta a decir que sabía quién había abusado de ella, pero al igual que la noche anterior, se contuvo y volvió a la cama, y otra vez pensó que en verdad no había pasado nada, pero sin convicción, pues aquel sueño bien podía ser la laguna de la que había hablado el médico.

Al día siguiente fue al colegio sin maquillaje. A pesar de que no le gustaba ir a clase, le sentó realmente bien ser la adolescente rara de siempre. A las cuatro y media de la tarde, cuando subió al autobús, notó de nuevo la angustia agazapada en la boca del estómago, y se sintió sucia al recordar las veces que se había encontrado con Tobías cuando paseaba. Al llegar a su casa, cogió las llaves del trastero y subió a la terraza. Le quitó la manta a su bicicleta, y luego comprobó las ruedas. Una de ellas estaba muy floja. Buscó la bomba de aire, pero no la encontró. Montó la bicicleta en el ascensor sin probar la cadena y, ya en la calle, vio que avanzaba sin problemas. Pedaleó en línea recta, atravesando el barrio viejo, el río y los grandes bulevares, hasta llegar a la zona de edificios nuevos; unos edificios que no tenían más de cinco años, y que se habían construido sobre las antiguas huertas. Cuando era pequeña e iba a jugar a casa de Vanesa lo único que había allí era una línea de casuchas. Atravesó seis o siete calles, y a continuación unos solares donde estaban construyendo más edificios, llenos de grúas y de cementeras, hasta que al fin vio el camino de las huertas. Éstas no eran ya un paisaje verde y homogéneo; aquí y allá se levantaban naves industriales, y además habían pavimentado el camino. Recordaba de sus andanzas infantiles que la casa de Tobías estaba hacia la derecha. Pedaleó un buen rato buscando algo familiar por lo que orientarse. Algunos coches le pitaron. A lo lejos, una pista de tierra salía de la carretera. Tomó la pista y, durante un tiempo que se le hizo eterno, no vio más que hileras de naranjos, y luego hileras de alcachoferas, y luego hileras de otra planta que podían ser habas, hasta que de entre la ordenada maleza surgió el tejado de una casa. Se bajó de la bicicleta y procuró no hacer ruido.

La casa estaba rodeada de un terreno yermo donde se apelotonaban neumáticos, sillones desvencijados, piezas de coche y electrodomésticos devorados por el óxido. Avanzó con la bici por el lateral hasta llegar a una ventana. Se quedó muy quieta contemplando el interior. La luz estaba encendida, alumbrando una vieja hornilla y, por encima de ésta, dos baldas repletas de botes. No se atrevía a ir hasta la puerta de la casa y llamar, y además tal vez Tobías no estaba dentro, sino en la huerta. Caminó hacia la parte delantera, y miró la furgoneta. No se escuchaba ruido alguno, así que retrocedió hasta la ventana. Tapando la hornilla estaba ahora la espalda del viejo, que llevaba un jersey de lana azul marino. El viejo se giró bruscamente, como si hubiera adivinado que alguien le espiaba desde el exterior. Clara hizo amago de montarse en la bici al ver que Tobías abría la ventana; por un momento, creyó que iba a dar un salto para correr hacia ella, pero Tobías sólo asomó la cabeza y la miró.

—¿Quieres algo? —le dijo.

—No —contestó Clara.

—Yo a ti te conozco —le dijo el viejo.

Clara se encogió de hombros.

—Tú venías antes a jugar aquí, en esa misma bicicleta.

—Sí —le dijo Clara.

—Ahora ya estás mayor.

Clara no dijo nada. El viejo tampoco sabía ya qué más decir. Se quedó un rato mirándola, y luego fue a cerrar la ventana. Clara le dijo:

—El otro día te vi.

Tobías volvió a mirarla.

—En la policía —siguió diciendo Clara.

—¿Es que acaso eres tú a la que han violado? —le preguntó el viejo a bocajarro.

—No —dijo Clara.

—Pues déjame decirte que a una de las chicas la encontré yo en mi huerta. Era una mocosa inconsciente como tú que había venido sola a darse un paseo.

—Entonces, ¿por qué te ha detenido la policía?

—No me ha detenido la policía —respondió el viejo.

—Entonces, ¿qué hacías ahí?

—¿Y tú qué crees? ¿Cuántos hombres viven por aquí?

—Entonces eres sospechoso.

—Niñata de mierda, me dan ganas de darte un sopapo. Vete de aquí antes de que me enfade.

Clara siguió parada en el sitio. El viejo la observaba cada vez más desconcertado, como si fuera un fantasma en lugar de una adolescente. Le temblaba el labio, y al cabo de dos o tres minutos, dijo:

—Pero ¿qué quieres? —dando una patada a la hornilla. El cazo que estaba puesto al fuego salió volando. Luego se quedó quieto, asomado de nuevo a la ventana y sollozando en silencio. Clara también se puso a llorar, y en voz baja preguntó:

—¿Por qué me has violado?

Tobías caviló durante un rato. Al cabo dijo:

—¿Por qué quieres saber los motivos?

AMOR

Siente el miedo agarrado al pecho, y también ese prurito de placer que le viene nada más despedirse de sus compañeras y tomar la amplia avenida. En lugar de entrar en el portal, sigue andando; luego se detiene un momento, vacilante y arrebolada, y continúa, reconociendo su propio goce, arrancado brevemente durante ese instante de duda, y unos minutos después, bajo la mirada espantosa de un hombre que hace el amago de seguirla. Un hombre vestido con un traje negro. Lo deja atrás y se zambulle en el barrio viejo. La ansiedad de llegar cuanto antes al límite de la ciudad le hace andar muy deprisa; en ocasiones corre. De ninguna manera le puede alcanzar la noche, pues perdería esos instantes en los que la liberación llega con la misma intensidad que el miedo: sensación de experimentar algo que a duras penas puede soportar. En realidad ya lo siente mientras camina, fijando la mirada en las fachadas grises y decrépitas de los edificios, y sabiendo que no es capaz de adentrarse por los callejones más sombríos, pero que sin embargo su cercanía la transporta... ¿adónde? No lo sabe, pero es el mismo temor, y la misma fascinación, y también, y esto es lo que más la asusta, la certeza de acercarse a algo que le pertenece por completo. Algo oscuro, desconocido e inmenso. Todavía le queda un buen trecho, y las calles se le hacen eternas. Sólo cuando llega a los nuevos bulevares su ánimo se calma, segura ya de que el paseo no ha sido en vano. Los transeúntes, en su mayoría apelotonados en las paradas de los tranvías que circulan por la periferia, la miran con el semblante aburrido. Clara atraviesa aquella zona desolada, y luego aminora bruscamente la marcha, dejando penetrar por su nariz la mezcla de olores de las huertas: tierra húmeda, acequia; verdor de las feas plantas que, alineadas, se recortan contra el horizonte. Masas de nubes muy quietas y oscurecidas contrastan con el murmullo ininterrumpido de la ciudad. Cuando decide volver a su casa, la noche se ha hecho ya enorme.

El portal de su edificio es viejo, igual a todos los del ensanche. Tiene el techo alto, y las paredes son macizas y frías. El hueco del ascensor se ve a través de una reja, y cuando era pequeña a Clara le gustaba trenzar en ella sus dedos para sacarlos bien negros. Ahora no. A lo sumo mira el hueco procurando no acercar demasiado la nariz. Hoy llega con prisa porque es posible que su madre esté esperándola, y sube los seis pisos por las escaleras. Está demasiado nerviosa para aguantar el lento traqueteo del ascensor. Una vez arriba, se detiene un momento para escuchar el interior de la casa. Si la tele está encendida, no habrá excesivas preguntas por su retraso. No escucha nada. Abre la puerta y se encuentra con la oscuridad, aunque todavía no puede cantar victoria. Es necesario atravesar el largo pasillo hasta llegar al dormitorio de sus padres. No obstante, está casi segura de que no hay nadie. Tras haberlo comprobado, ordena tranquilamente el contenido de su mochila sobre el escritorio, como si se hubiera pasado la tarde estudiando. La luz del flexo ilumina su cuaderno de matemáticas, lleno de aburridas torres de números, definiciones subrayadas en verde y largos enunciados de problemas. Se desentiende de los deberes y mira por la ventana el inmenso patio de edificios; una manzana entera rodeando el techo de uralita de un taller, y al fondo un colegio. Más allá el antiguo cauce del río y la ciudad, con todas las luces encendidas.

El sonido del teléfono le hace acordarse de Jorge, y de que habían quedado en que ella lo llamaría para ir al cine. Clara se encoge de hombros. El asunto de su «noviazgo» con aquel muchacho le parecía despreciable y triste. Hacía dos días que se habían sentado en un banco del patio de su colegio, él con un testigo y ella con otro, para que quedara constancia de que le había «pedido salir». Se habían mirado un momento, él le había hecho la pregunta, y luego se habían separado. Al final de la jornada, cuando esperaba en la cola del autobús, el muchacho se le había acercado y le había propuesto lo del cine. Ya sólo quería olvidarse de él, pero le daba vergüenza quedar como una estrecha delante de sus compañeros. La vergüenza le hacía sentirse cobarde e incapaz de coger el teléfono.

Su romance había comenzado una tarde de la que guarda una sensación irreal. Iba camino de una confitería cercana al centro, con el fin de encargar una tarta para el cumpleaños de su padre. Era diciembre, hacía frío y una multitud asaltaba las aceras, deteniéndose en los escaparates e impidiendo su paso rápido. Clara dudaba del lugar exacto de la confitería, y era una duda agradable porque implicaba poder recorrer varias calles en lugar de una sola, y tal vez la posibilidad de tener que preguntar, y también, como siempre, de entretenerse sin más. Caminaba contenta y miraba hacia lo alto, hacia las fachadas. Al bajar la cabeza, a menos de diez metros de distancia, alguien que había estado siguiéndola dio media vuelta y se esfumó por una calle. Se trataba de un chico joven. Clara lo observó, parada en mitad de la acera. Vaciló un momento, y luego fue tras él. El chico, cuyos movimientos le resultaban familiares, se metió en un portal. Clara esperó allí cerca de una hora, queriendo saber a quién pertenecía aquella espalda delgada. Cuando lo averiguó, no pudo dar crédito a ese golpe de suerte: tres pupitres por delante de ella, de repente un muchacho en el que jamás habría reparado estaba jugando a su mismo juego. Una mano tendida que la llevaría a aquel extraño límite hacia el que cada tarde caminaba.

Entonces todas las horas del día se tornaron tan febriles como sus paseos: saltaba de la cama apenas sonaba el despertador, se vestía delante del espejo y echaba a correr hacia la parada del autobús para llegar quince minutos antes de que empezaran las clases, temblando de alegría y nervios. Esperaba sentada en el marco del ventanal del pasillo, roja como un tomate, temerosa de que sus compañeros pudieran leerle las intenciones, por otro lado evidentes, pues ella siempre había sido de las que llegaban tarde. Si a alguno se le ocurría preguntar, contestaba que era su padre quien la había llevado tan temprano. El azoramiento pasaba y, conforme avanzaban los minutos, larguísimos, crecía la expectación; no quería mirar hacia el pasillo pero constantemente se giraba; se esforzaba en parecer lánguida mirando por la ventana, y sólo se topaba con su propio y desmesurado rostro.

Él caminaba con lentitud, con las manos en los bolsillos de la cazadora y la mirada fija en el suelo, como si también fuera consciente de algo inhabitual que le concernía, y tratase de pasar lo más desapercibido posible durante el tiempo en que, imaginaba, era observado, pues en realidad en ella ya se había producido la gran decepción, como todas la mañanas: encontrarlo pequeño, repeinado y absurdo en comparación con todos los preparativos de su espera. Entonces se mordía los labios, arrepentida, y lo miraba desafiándolo, aunque sin saber muy bien por qué. Tras intercambiar un inaudible «Hola», volvía a girarse hacia la ventana, pensando en realidad en nada, pues la decepción la dejaba vacía.

El secreto no podía durar mucho tiempo, y una mañana en que la lluvia y el tráfico le impidieron llegar quince minutos antes para esperar a Jorge sentada en el ventanal del pasillo, notó cómo, desde la puerta de su aula, varios grupos de chicos y chicas la miraban esbozando unas leves y exasperantes sonrisas. Entró en la clase sin saludar, y en vano buscó la complicidad del muchacho, que parecía haberse petrificado en su silla. Angustiada, Clara observó largo tiempo su espalda rígida, y la manera excesivamente atenta con que atendía aquella mañana a los profesores. Pensó que todo en él exhalaba la complaciente y superficial culpabilidad de un cretino. ¿O era la suya propia? En verdad le daba lo mismo de dónde viniera aquel confuso sentimiento de traición. Odió a Jorge con toda su alma.

El teléfono suena de nuevo y su madre ya está en casa, así que a Clara le resulta imposible postergar su realidad de colegio y novio y de tener que quedar bien en la conversación, porque si no todos los amigos de Jorge sabrán que la ha llamado y que no ha sido simpática. Inés ya la reclama con esa voz significativa y, al llegar al salón, la mira aún más significativamente. Entonces ella se hace la mayor, como si fuera lo más habitual del mundo que la llame un chico para salir, y con grandes zancadas y como si la estuvieran molestando atraviesa la estancia y coge el aparato.

—Soy Jorge.

Se quedan callados. Jorge carraspea, y luego la invita a ir mañana al cine. No le pregunta que por qué no le ha llamado ella.

—Vale —responde Clara.

—Entonces a las seis y media en la puerta.

—Vale —vuelve a decir. Al colgar, se muerde los labios, y otra vez piensa que por qué tiene que hacer algo que no quiere, si en verdad todo se trata de un malentendido. Aun así, su corazón late muy deprisa, y al rememorar la voz del muchacho, tan tímida y pequeña por el teléfono, se da cuenta de que le gusta. Inés está a la espera de la novedad, y Clara decide plantarse en la cocina con un desparpajo que ya no es fingido, pues en realidad no ha ocurrido nada. O más precisamente: nada que sea digno de la atención comprensiva de su madre. Pero Inés parece haber decidido por sí misma el significado de la llamada de Jorge.

—Hija, ¿quién es ese muchacho tan simpático? —pregunta.

Clara resopla, se pone colorada, abre la nevera para disimular y luego la cierra sin coger nada.

—Un compañero de clase —contesta.

Su madre no puede evitar una sonrisa triunfal. Clara,

temblando de furia, abandona la cocina y vuelve al salón. ¿Qué pasaría si llamara a Jorge y le dijera que cortaba? Simplemente que habría sido su novia durante seis horas, y que ahora «habría cortado». El acontecimiento sigue separado de sí misma, y en vano procura ignorar a Inés, que pone la mesa mientras la mira de reojo. Antes de escuchar el «Haz algo; no te quedes ahí mirando», se levanta y va hasta la cocina. Un silbido procedente del patio de vecinos la detiene. Desde el séptimo, la cara de su amiga Merchi le sonríe. Una sonrisa de enormes y rosadas encías.

—He terminado los deberes, ¿y tú? ¿Salimos a dar una vuelta? —le dice Merchi.

—Vale. Pero no puedo entretenerme mucho. Te espero en el portal —responde Clara.

En la calle hay poco tráfico, y Clara escucha el sonido de sus pisadas mientras caminan en silencio. El frío le corta la cara, y cuando llevan recorrida una manzana, le dan ganas de decirle a Merchi que por qué no vuelven y se quedan hablando en el portal. Sin embargo, no le dice nada. Está demasiado abrumada para que su voz adquiera un tono casual. «Dejadme todos en paz», es lo que sin duda resonaría, aun en algo tan simple como su deseo de no aterirse de frío. Merchi comienza a hablar de cosas sin importancia: la academia de pintura, la proximidad de los exámenes, sus planes para el fin de semana. Lentamente y como sin querer, empieza a acercarse al tema que Clara le ha estado ocultando, haciendo primero un recuento de las últimas parejitas que se han formado en su clase, y luego en otros colegios sobre los que, tanto ella como Clara, suelen estar al tanto. Tras el recuento, y en vista de que Clara sigue callada, Merchi le dice:

—Casualmente me llamó Rosa esta tarde y me contó lo tuyo con ese chico. Dice que fue un poco raro y que no os hablasteis en todo el día. ¿Por qué no me lo habías contado?

—Porque no hay nada que contar. Ya no me gusta —responde Clara.

—Rosa también me ha dicho que hace ya más de un mes que toda tu clase lo sabía. Todos menos tú, quiero decir… —Merchi se interrumpe, buscando unas palabras más precisas.

—¿Y qué más te ha contado Rosa? —pregunta Clara, todo el pecho temblándole. De repente se siente el centro de un complot, como si hubiera estado siendo espiada no sólo desde hace dos semanas, como creía, sino… ¿desde cuándo?, ¿estaba Jorge burlándose de ella?, ¿sabían todos de aquel día en que lo había seguido, y se había esperado en el portal durante una hora entera?

—No puedo hablar más —responde Merchi—. Sólo te puedo decir que, bueno, yo no me fiaría de ese chico.

A Clara le dan ganas de agarrar a Merchi por las solapas del abrigo y sacudirla hasta que termine de contarle su conversación con Rosa. Sin embargo, el orgullo puede con ella, y dice solamente:

—Pues no me las cuentes. Jorge sólo me da asco. —Luego añade—: Y no digas nada, ¿vale?

—¿Qué es lo que no tengo que decir?

—Lo de que me da asco.

—Vale. Entonces, ¿qué vas a hacer?

—Nada. ¿Vamos al río?

Clara se adelanta para cruzar la avenida, y cuando llegan frente al cauce dice:

—¿Bajamos? —Sabiendo que a Merchi le da miedo ir al río por las noches. El miedo de su amiga le produce un efecto mezquino y calmante, y durante un tiempo contempla sin pensar en nada las despejadas sendas situadas justo en medio del cauce, que contrastan con la negrura de las zonas arboladas. La visión le trae un recuerdo imposible de antes de que desviaran el Turia. Ella aún no había nacido. Se trata de una imagen que le viene a menudo: un cielo cargado, violentamente gris, y el río luminoso y torrencial. Tal vez fuera un sueño. ¿Había márgenes por las que poder caminar?

Regresan con lentitud, hablando de tonterías. En la casa, Pepe ya se abalanza sobre la humeante sopa, habiéndose desabrochado apenas la corbata. Clara le planta un beso en la calva, y luego se sienta y come sin hambre los espárragos que Inés le pone cada vez que hay sopa de cebolla. La sopa de cebolla no le gusta. Cuando termina de cenar lleva su plato a la cocina y se encierra en su habitación sin dar las buenas noches.

En su cuarto piensa con pena en su cita de mañana, y desea que hubiera sido un hombre cualquiera el que la hubiera seguido aquella tarde. El miedo —un miedo que en verdad no es miedo, sino... ¿qué?—, vuelve a instalarse en el centro mismo de su estómago, y quisiera correr, correr, pero tan sólo puede estarse quieta en su cama. Finalmente se duerme. Al día siguiente, mientras desayuna, una idea pasa fugazmente por su cabeza, pero la desecha por descabellada. Sin embargo, al acercarse a la parada del autobús y atisbar a varias de sus compañeras de clase, la sensación de rechazo se hace tan fuerte que se dice: ¿por qué no?, al tiempo que da media vuelta, cruzando los dedos para no ser vista, y camina, o más bien corre, hasta el centro de la ciudad. Una vez allí, se refugia al fondo de una cafetería, alucinada por haber sido capaz de ceder ante un impulso tan inmediato, y con la pregunta martilleándole las sienes. Así pasa el tiempo, indecisa y cambiando cada dos horas de cafetería para evitar las miradas extrañadas de los camareros, que parecen reprocharle el haberse saltado las clases. No siente hambre, y para justificar su presencia, pide una Coca-Cola tras otra, hasta que se le termina el dinero y acaba por sentarse en un banco. Cuando su reloj marca las cuatro y media, se dirige de nuevo hacia su casa.

Ciudad invernal

A las seis de la tarde el cielo se cubre de un azul grisácco que imprime en el paisaje una extraña densidad. Los edificios, iluminados por la clara luz mediterránea, adquieren una tonalidad mate, y hay que mirarlos largamente para reconocer en ellos lo mismo que se ha visto en la mañana. Las avenidas se tornan interminables y parecen ser lo único habitado. Las calles adyacentes, por contraste, se ofrecen quietas y misteriosas, con su trazado irregular, los portales cerrados, las farolas que empiezan a encenderse. Clara mira esta caída lenta de la ciudad mientras camina hacia el cine. Conforme se acerca, su atención se centra en su propia imagen, reflejada en el cristal de los escaparates. No tarda en localizar a Jorge, que está sentado en un banco. El muchacho hace el amago de ponerse en pie para saludarla, y entonces Clara se gira y echa a andar.

Durante las primeras manzanas está segura de que el muchacho va detrás, y tiene un miedo atroz de que la alcance; de que todavía no haya comprendido y crea simplemente que se trata de una broma llevada demasiado lejos. El muchacho la sigue, al principio cree que, en efecto, aquello es una especie de juego, pero es tal la determinación que ve en la joven; la seriedad con la que una pierna se adelanta sobre la otra, que desiste de darle alcance, y termina por mantenerse a una prudente distancia. Se encaminan hacia el barrio viejo, y los edificios se ven cada vez más decrépitos y oscurecidos, y los transeúntes son ya muy escasos. Clara es ahora capaz de adentrarse por los callejones más sombríos, y se entretiene en trazar itinerarios desconocidos; incluso en ocasiones se para, contempla las calles, y él también se para y se hace el distraído, aunque por su parte empieza a pensar que está loca y que está cansado de dar vueltas detrás de una loca. Y ello a pesar de sentir cierta fascinación en estar siguiéndola como si fuera cualquiera, porque de repente no la reconoce. Clara sale del barrio viejo, atraviesa el río y los nuevos bulevares, y se encamina hacia la autopista. Cuando al fin se gira, él ya no está.

Índice

Para entrar o salir de la ciudad sitiada

Títulos publicados:

Palestina. El hilo de la memoria (3.ª edición). *Teresa Aranguren*
El malestar al alcance de todos (2.ª edición). *Mercedes Cebrián*
UnaMujerSola. *Isabel Blare*
Carrera y Fracassi. *Daniel Guebel*
Los mercaderes en el templo de la literatura. *Germán Gullón*
Lo que no da igual. *María A. Delgado Mansilla*
Unas vacaciones baratas en la miseria de los demás. *Julián Rodríguez*
Los comedores de tiza. *Óscar Aibar*
Dados blancos. *Alfonso Pexegueiro*
Los años de aprendizaje de María V. *Ángeles Valdés-Bango*
El dueño del trigo. *Pilar Cibreiro*
Sorbed mi sexo. *Milo J. Krmpotic*
La época del agua. *Elena Belmonte*
El Cantar de Gamyl. *Javier Pascual*
Todos los caminos conducen al laberinto. *Alberto Sampablo*
Tres historias europeas. *Lolita Bosch*
El año que tampoco hicimos la Revolución. *Colectivo Todoazen*
Trece por docena. *Varios autores*
El esqueleto de los guisantes. *Pelayo Cardelús*
La expectativa. *Damian Tabarovsky*
Cartas clandestinas de un cartero casi enamorado. *Pablo Caballero*
Los misterios de Barcelona. *Antonio-Prometeo Moya*
Últimas conversaciones con Pilar Primo. *Antonio-Prometeo Moya*
La frontera Oeste. Abecedario de un emigrante. *Suso Mourelo*
Olivo roto: Escenas de la ocupación. *Teresa Aranguren*
Mercado Común. *Mercedes Cebrián*
Utilidades de las casas. *Isabel Cobo Reinoso*
El llanto de los caracoles. *Mercedes Beroiz*

De próxima aparición:

Periplos y derrotas del *chancro* de Azamor. *Javier Pascual*
Leer con niños. *Santiago Alba*
Dejen todo en mis manos. *Mario Levrero*
El discurso vacío. *Mario Levrero*

El llanto de los caracoles

MERCEDES BEROIZ

CABALLO DE TROYA

nuevosautoresnuevaspropuestasnuevasvoces